KB112241

너의
시베리아

▪ 이 도서의 국립중앙도서관 출판시도서목록(CIP)은
e-CIP 홈페이지(http://www.nl.go.kr/ecip)에서 이용하실 수 있습니다.
(CIP제어번호: CIP2010002795)

너의
시베리아

시베리아 아이를 만나러 가는 특별한 여행

리처드 와이릭
이수영 옮김

너의

시베리아

1판 1쇄 인쇄 2010년 8월 5일
1판 1쇄 발행 2010년 8월 10일

지은이 | 리차드 와이릭
옮긴이 | 이수영
펴낸이 | 정은숙
펴낸곳 | 마음산책

편집 | 심재경 · 권한라 · 강윤정 디자인 | 이단비 · 정은화
마케팅 | 권혁준 · 이연실 경영지원 | 박해령

등록 | 2000년 7월 28일(제13-653호)
주소 | 서울시 마포구 서교동 395-114 (우 121-840)
전화 | 대표 362-1452 편집 362-1451 팩스 | 362-1455
홈페이지 | http://www.maumsan.com
전자우편 | maum@maumsan.com

ISBN 978-89-6090-082-0 03840

▪ 책값은 뒤표지에 있습니다.

이 책을 데보라에게.

또한 먼저 와준 마야와 에반,

그리고 마침내, 조금 늦게 와준 기쁜 선물

아멜리아 폴리나에게도 이 묘한 이야기들을 바친다.

"어린 꽃송이, 얼른 자라 피어라."

신이 없어도 인간은

무의미에 짓눌리지 않도록

어떤 기념물이든 세울 것이다.

—앙드레 말로

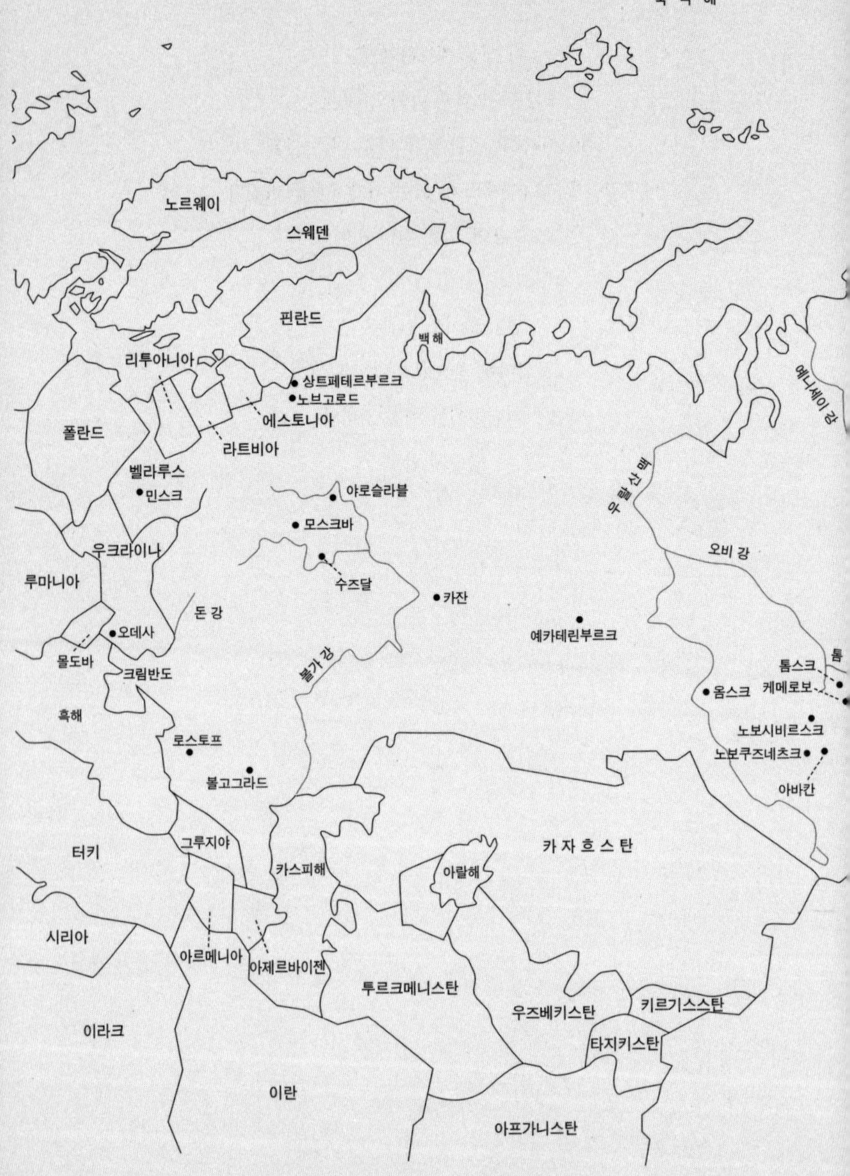

북 극 해
노르웨이
스웨덴
핀란드
백해
리투아니아
상트페테르부르크
노브고로드
에스토니아
라트비아
폴란드
벨라루스
민스크
야로슬라블
모스크바
수즈달
우크라이나
루마니아
카잔
돈 강
오데사
몰도바
크림반도
볼가 강
예카테린부르크
우랄 산맥
오비 강
예니세이 강
톰스크
케메로보
옴스크
노보시비르스크
노보쿠즈네츠크
아바칸
흑해
로스토프
볼고그라드
터키
그루지야
카스피해
카 자 흐 스 탄
아랄해
시리아
아르메니아
아제르바이젠
투르크메니스탄
우즈베키스탄
키르기스스탄
타지키스탄
이라크
이란
아프가니스탄

베링해
콜리마 강
마가단
캄차카 반도
러 시 아
오호츠크
레나 강
시 베 리 아
북태평양해
야쿠츠크
사할린
쿠릴 열도
바이칼 호
아무르 강
하바롭스크
크라스노야르스크
브라츠크
부랴트
자치공화국
우수리 강
울란우데
이르쿠츠크
블라디보스토크
투바
울란바토르
몽골
일본
북한
남한
중 국

□ 차 례 □

지도 밖 사람들

시베리아의 문화

우리는 아멜리아가 싫어하는 방한복 속에 아이를 푹 집어넣고
츠베르스카야 거리를 터벅터벅 걷는다

바이칼, 얼음 호박

시베리아의 자연

우리 딸이 태어난 곳에 가게 된 것은
의미심장한 우연이었다

툰드라의 노부부

시베리아의 사람들

아내가 장애 아동 시설을 둘러보는 동안
고아원 원장이 복도를 지나 사무실로 나를 데리고 간다

신은 어린이다

입양기

고아원 의사가 우리 딸과 함께 문간에 모습을 나타냈다.
아내가 까꿍, 하자 방 안 가득 웃음이 터졌다

ㅁ 일러두기

1. 옮긴이 주는 글줄 상단에 맞추어 표기하였다.
2. 신문과 영화, 음악, 방송 프로그램의 제목은 〈 〉로 묶었고, 단편과 시 제목은 「 」로, 장편과 단행본은 『 』로 묶었다.

ㅁ 한국의 독자들에게 ㅁ

이 책은 2004년에서 2005년 사이 딸아이, 아멜리아를 입양하기 위해 아내와 함께 러시아로 가면서 쓴 것이다. 그러다가 러시아 정부의 안내, 혹은 지시를 따라 시베리아까지 가게 됐는데, 알고 보니 시베리아는 우리가 찾던 바로 이 아이를 발견할 수밖에 없는 땅이었다.

약동하는 신화의 땅, 역사적인 탐험과 지혜의 땅, 시베리아를 여행하는 동안 단 한 순간도 지루하지 않았고, 놀랍지 않은 적이 없었다. 그리고 개인적으로도 직업적으로도, 토착 시베리아 인이든 유럽계 러시아 인이든, 훌륭한 사람들을 아주 많이 만났다.

경이로운 대륙을 가로지르며 생겨난 우리의 묘한 여행 이야기가 한국의 독자들에게도 즐거움을 주기를, 나아가 혜안과 꿈을 전해주기를 바란다. 한국 역시 풍부한 신화와 전설과 놀라운 역사의 고장이 아닌가. 언젠가는 내 책뿐 아니라 내 몸도 한국을 여행할 수 있으면 좋겠다.

나 같은 이방인은 모든 사람들이 탐험가가 되는 세상을 꿈꾼다. 탐험가에게는 세상 사람들이 모두 친절한 이웃이나 마찬가지이며, 모든 국경은 그저 덧없는 형식에 지나지 않는다. 또한 작가로서 나는 모든 나라가 시인의 전통 위에 세워진 것이지 국경 감시초소에서 구멍을 뚫고 내다보는 파수꾼의 눈으로 만들어진 것이 아니라고 믿는다.

2010년 7월

리처드 와이릭

□ 프롤로그 □

첫 비행

고옌이 비행기가 길게 남기고 간 연기구름을 바라보며 서 있다. 어릴 적 생긴 버릇이다. 어디에서 날아와 어디로 가는 비행기인지는 잘 몰라도, 시베리아 사람들에겐 비행기가 중요했다. 이토록 불가해한 대자연의 광막함 속에서도, 태평양이나 지구 반대편처럼 까마득히 먼 곳으로 우리를 데려갈 강력한 어떤 것이 존재하고 있다는 의미였으니까. 베체르(해질녘 하늘)가 비행기가 만든 연기구름과 꼭 같은 보랏빛으로 물들었다.

그리고 역시 보랏빛으로 변해가는 저 위대한 흰 산, 바로 지기시 '러시아항공' 소종사와 그 아들아이가 340명의 승객을 가득 태우고 모스크바에서 홍콩으로 가던

에어버스를 추락시켰다. 당시 조종사는 아들의 열다섯 번째 생일 기념으로 조종간을 맡겼더랬다. 조종실엔 부조종사가 없었고 아버지는 졸고 있었다. 아주 잠시였다 해도 통제불능이 돼버린 비행기. 더 말해 뭐 할까.

고옌은 인도네시아에서 조종사인 아버지의 오른쪽 자리에 냉큼 올라앉는 소년을 무심히 바라본 적이 있었다. 추락 사건이 있기 10년 전 일이다. 마지막 순간 다들 무슨 생각을 했을까, 고옌은 궁금하다. 그때도 황혼녘이었다.

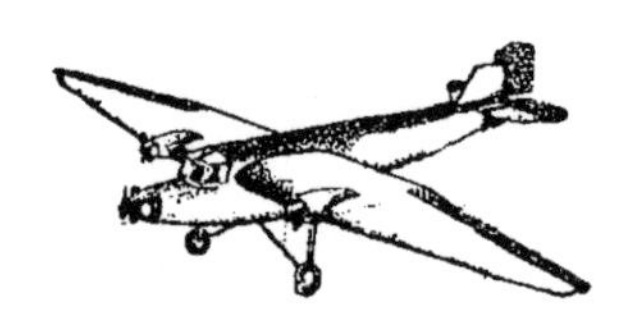

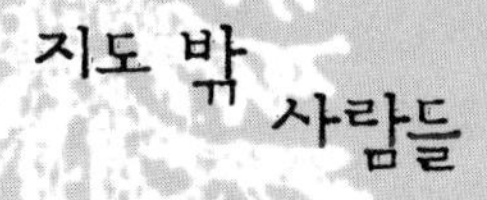

시베리아의 문화

시베리아 남자 무슬림들은 터키모자 비슷한 털모자를 쓰는데,

어두운 색에 뇌처럼 쭈글쭈글 주름이 잡혔고

세상에 인사라도 하듯이 앞쪽으로 살짝 기울여 멋을 낸다.

시베리아 횡단 철도

시베리아에 사람이 정착하게 된 것은 철도 덕분이다. 철도는 죄수는 물론 미지의 영토를 탐구하는 과학자나 지식인 들이 파티나 모스크바 행 티켓 같은 문명의 풍요를 포기하고 이곳에 살러 오도록 만든 창구인 것이다.

비행기 창에서 내려다보면 톰스크, 노보쿠즈네츠크서시베리아의 중심지 노보시비르스크 시의 위아래에 각각 위치한 중소 도시 같은 도시들을 향해 철도가 저마다 곡선을 그리고 있다. 그래도 공중에서 보이는 풍경은 대부분 거미처럼 꿈틀거리며 기어가는, 서에서 동으로 펼쳐진 진흙빛 스텝시베리아 남부와 숭앙아시아에 걸쳐 분포하는 초원지대. 건조한 계절에는 불모지이나 강우 시기에는 초원이 된다이다.

옛날 기관차에는 미국의 카우 캐처철길 위 장애물을 치우며 달릴 수 있도록 고안된 기차 앞쪽 하단부 장치같이 넓적한 칼날 모양의 제설기가 달려 있었다. 이른 시간대 지방에서 온 기차가 도시에 도착하면 지푸라기나 꽃잎, 씨앗 등이 화물칸 지붕에 누워 있었다.

농부와 상인들은 모두 기차의 구슬픈 경적 소리가 마치 밀폐된 방 안에 새어 들어오는 공기 소리라도 되듯 사랑해 마지않았다. '세상으로부터 들려오는 소리'였기 때문이다. 매일 똑같고 뻔한 얘기지만 마을 사람들은 기차가 설 때마다 화젯거리로 삼았다. 제시간에 왔는지, 열차간 상태는 어떤지, 런던·레이캬비크·시카고 등 상상도 할 수 없는 곳의 주소를 달고 온 짐짝과 단단히 묶은 꾸러미 들에 대해서 소식을 나눴다.

아이들은 기차를 '포에즈드'라고 불렀다. 길잡이 불빛을 뿜어내는 날벌레들처럼, 밤이면 함박눈 사이로 불타오르는 커다란 외눈박이 헤드라이트는 천막을 비집고 나오는 호롱불과 같았다. 동정녀를 그린 성화처럼 늑골 사이를 뚫고 나오는 심장의 빛이었다.

늑대 사냥

늑대는 눈동자가 아주 작다. 늑대들의 사냥터인 설원처럼 하얗게 타오르는 눈알 속에 동동 떠 있는 검은 점들. 앞발은 여우나 개보다 크다. 짙은 털끝은 태양빛 아래서 파랗게 빛난다.

지난 5세기를 거치며 늑대들의 운명 역시 다른 모든 시베리아 생명체들과 복잡하게 뒤얽혔다. 아메리카 원주민에게 들소 사냥이 그랬듯, 시베리아 사람들에게 늑대를 쏘는 것은 늑대라는 존재와 철저하게 함께 살아가기 위한 행위다. 성스러운 변화나 윤회전생 같은 것보다 더 심원한 현상으로, 포획자가 포획물의 '영혼을 뒤집어쓰는' 것이다. 오치 이 데티(아버지와 아들)가 함께 늑대 사냥을 한다는 것은 아버지의 성을 따르는 것과 마찬가지로 세대에서 세대로 굽이굽이 이어지는, 전통보다도 더 본질적인, 유대감을 만드는 행위다. 늑대몰이는 부족에 남은 마지막 정체성을 추구하는 일이기도 하다.

늑대 사냥 사진이라고 하면 엽총을 든 남자들이 뚱한 얼굴로 늘어서 있고 그 앞에 늑대 시체가 대자로 누운 장면이게 마련이다. 야스나야 폴랴나러시아 남서쪽, 톨스토이의 고향. '밝은 숲속'이라는 뜻이 있다에도 톨스토이와 손자들이 늑대 사냥 후에 찍은 사진이 있다. 축 늘어진 털가죽들이 널려 있는 가운데 가족들이 서 있다. 신과 대천사와 아기천사들이 옹기종기 모인 것처럼, 엄숙하면서도 꽤 흥겨운 분위기다.

모자

몸에서 열기가 빠져나가는 걸 막아주는 것은 모자다. 원주민들에 따르면 모자를 안 쓰는 것은 죽기도 전에 유령더러 들어오라고 몸을 내주는 거나 마찬가지란다.

가장 흔한 것이 모피모자인데 이것만 해도 종류가 엄청나게 다양하다. 헐렁하고 치렁거릴 수도, 스키모자처럼 딱 맞을 수도 있지만 아무튼 누구나 자기만의 고유한 실루엣, 독특한 스타일을 연출한다.

여자들은 젊은이든 늙은이든, 머리부터 발끝까지 모피로 감싼다. 여기서 동물 생명 존중이라든지 하는 '정치적 올바름'을 운운할 수는 없다. 시베리아의 남자 무

슬림들은 터키모자 비슷한 털모자를 쓰는데, 어두운 색에 뇌처럼 쭈글쭈글 주름이 잡혔고 세상에 인사라도 하듯이 앞쪽으로 살짝 기울여 멋을 낸다.

10대들은 후드티를 래퍼 에미넴Eminem 식으로 입는다. 땅속 요정처럼 구겨지고 너덜너덜한 옷에 헤드폰 선이 고문이라도 하듯 칭칭 감겨 있다. 노보시비르스크시의 지하철에서는 키가 어른 허벅지쯤 오는 아이들이 밝은 색 차림으로 떼 지어 몰려다니는데, 틈을 찾아 뽀글거리는 열대어들 같다.

불법 택시

자동차만 가지고 있으면 누구나 불법 택시 영업을 뛰고 있으니, 나라 경제 사정을 알 만하다. 파란색 경찰 비상등을 번쩍이며 쌩 날아가는 무소불위 마피아의 벤틀리유서 깊은 영국 자동차 브랜드만 빼고, 거의 모든 차가 손만 올리면 앞에 와 멈춰 선다. 운전석에는 교사와 대학생뿐 아니라 영업사원, 상인, 하급 관료, 애 딸린 주부(애는 안전 좌석에 꽉 묶여 짜부라져 있다) 등도 앉아 있다.

외교관 친구와 함께 대사관이 자리한 언덕을 내려가 큰길 모퉁이에서 손을 올리는 것을 지켜볼 때만 해도 그저 여느 택시를 찾고 있는 줄 알았다. 미리 설명을 듣지 못했으니까.

그 후 2주 동안 대사관을 오갈 때마다 멈춰 선 택시 운전사는 대부분 10대들이었다. 모스크바 외곽 북서쪽, 대사관 지역까지 가자고 하면 아이들은 멀다면서 열심히 값을 올려 불렀다. 악몽 같은 교통 정체, 세금에 굶주린 우둘투둘한 길들 어쩌고 하면서 말이다. 모스크바 시내에서 택시를 타려면 최소 50달러에서 흥정이 시작된다고 보면 된다. 여정은 완전히 오디세이다. 지선 연결 나들목이 빼곡한 타원형 외곽 도로와 자작나무 숲을 수놓은 2차선 아스팔트 길을 지난다. 아이들은 보통 70달러에서 요지부동이다. 하지만 내 친구는 50달러쯤까지 깎고서 팁 겸 기름값을 좀 던져주기도 한다. 종종 상대방이 너무 실망한 것 같으면 자비롭게 양보하기도 한다. 나도 몇 년 전 라틴아메리카에 갔을 때 이렇게 협상과 승부의 대련을 펼치며 양보하는 척한 적이 있었다.

오늘 우리가 탄 차의 운전사는 검은 뿔테 안경에 깔끔하게 차려입었는데 끔찍하게도 여드름에 피가 맺혀 있었다. 차는 제대로 굴러가는 라다소련 시절 자체 생산된 서민용 차였으니 평균 이상이다. 내 친구가 가격 협상을 먼저 했고 우리는 발치에 빈 연료통이 굴러다니는 비좁은 뒷좌석에 탔다.

북서 고속도로를 타기 위해 마지막 나들목 부근, 길고 긴 황폐한 도로를 질주하던 라다는 가로등도 없고 갓길도 없는 곳에서 푹푹 연기를 뿜기 시작했다. 액셀을 밟을 때마다 차가 쿨럭쿨럭하더니 예닐곱 번 애처롭게 애쓰다가 엔진이 완전히 멈췄다. 차를 오른쪽 차선에 댔지만 뒤쪽으로 일직선 도로가 충분히 뻗어 있어서 아주 멀리서도 보일 터였다. 대단한 일은 아니었다. 그런데 지나가는 차들의 속도가 엄청났다. 좌석에 앉은 우리가 떨릴 지경이었으니, 연약해 보이는 막대기로 보닛을 지탱해놓고 엔진을 손보던 운전사가 아슬아슬해 보였다.

내 친구가 밖으로 나갔고 곧이어 나도 나갔다. 연장들과 걸레, 깡통, 선반식 정리함 등도 밖으로 꺼냈다. 하지만 연료가 든 통은 없었다. 점점 커져만 가는 우리 차의 수리 영역으로, 지나가던 차가 치고 들어와 박히거나 우리를 덮쳐버릴 것 같았다.

마침내 다른 차가 우리 앞에 섰다. 운전사가 반쯤 찬

연료통을 가지고 나왔다. 우리 운전사가 그걸 받아서 미리 받은 팁으로 값을 치르고 빈 통에 연료를 채웠다. 그렇게 재빠르게 움직이는 러시아 사람들 사이에 끼어 들기란 내 친구로서도 역부족이었지만, 이미 상황은 단순히 연료 문제가 아니며 우리가 새 유력자를 따라가야 한다는 것을 보여주고 있었다. 좌초해버린 우리의 운전사에게는 20달러에다 10센트를 더 주었고 그는 별 이의 없어 보였다.

새 자동차 뒤로 이전 운전사가 자기 차로 돌아가 어찌어찌 시동을 거는 모습이 보였다. 그런데 40~50미터쯤 가서 우리가 탄 '새' 차가 쿨럭였고 우리는 또다시 운전사가 가스를 들이붓는 모습을 지켜봐야 했다. 또 100여 미터를 가다 다시 한 번 우리는 금속 차체들의 흐름 한가운데 휩싸였다. 무언가 조치를 취하기에도 너무 늦어, 자동차 앞쪽에서 솟아오르는 불꽃을 멀거니 바라보다가 폭발과 함께 운전사의 품속으로 뛰어들고 말았다.

영혼의 통로

무속 이야기에 따르면 패배한 자의 영혼이 이긴 사람의 몸속으로 들어가는 과정은 다음과 같다.

결투하던 상대를 죽인 사람은 집에 돌아가서 죽은 자의 영혼이 다가올 때까지 익힌 음식을 먹으면 안 된다. 죽은 자의 몸에 꽂혔던 창 자루가 질질 끌리면서 나무와 수풀에 부딪히는 소리가 들리면, 죽은 자의 영혼이 접근하는 것이다. 영혼이 아주 가까이 오면 죽은 자의 상처에서 나는 소리를 들을 수 있게 된다. 그러면 창 자루에서 촉을 뗀 다음 엄지발가락과 검지발가락으로 자루 끝을 잡고 다른 한끝은 왼쪽 어깨에 기대어놓는다. 그러면 영혼이 창촉을 꽂았던 구멍으로 들어간다.

그러고는 죽인 사람의 다리로 올라간 다음 마침내 몸속으로 들어온다. 영혼은 개미처럼 조금씩 움직인다. 결국 위장까지 들어와 위장을 닫아버린다. 그러면 죽인 사람은 속이 울렁거리고 열이 나는데, 이때 배를 문지르며 죽은 자의 이름을 제대로 불러줘야 한다. 이 주문으로 죽인 사람은 배가 괜찮아지고, 죽은 자의 영혼은 위장을 떠나 심장으로 간다. 이것은 죽은 자의 피가 죽인 사람에게 간 거나 마찬가지 효과다. 즉, 죽은 자가 자신의 생명의 피를 죽인 사람에게 바친 것이다.

마왕과 소년

'변신'은 공산 혁명 이후 동쪽 변방으로 이주한 그루지야 사람들의 민담에 많이 등장하는 소재다.

「마왕과 제자」라는 이야기가 있다. 마왕이 한 소년을 제자로 삼고 마법을 가르쳤다. 그는 소년을 곁에 두고 싶어 했지만 소년은 자꾸 도망쳤다. 잡힐 때마다 낙담하면서도 소년은 어두운 골방에서 마법 연습을 게을리하지 않았다.

골방에 한 줄기 햇빛이 새어 들어왔다. 소년은 빛을 따라 문에 난 틈을 찾아내고 생쥐로 변신해 빠져나왔다. 그러자 마왕이 고양이로 변해 생쥐를 쫓아갔다.

변신이 정신없이 이어졌다. 고양이가 막 입을 벌려 생

쥐를 삼키려는 순간 소년은 물고기로 변해 옆의 냇물로 뛰어들었다. 마왕은 그물로 변해 물고기를 쫓았다. 물고기는 다시 꿩으로 변해 물을 박차고 나왔고 마왕은 송골매로 변했다. 송골매가 발톱을 뻗어 꿩의 녹갈색 깃털을 움켜쥐려는 순간, 꿩이 가지에서 막 딴 사과로 변해 왕의 무릎에 떨어졌다. 마왕이 왕의 손에 들린 칼로 변해 막 가르려던 차에 사과가 한 줌의 기장으로 변해 흩어졌다. 마왕은 암탉과 병아리들로 변해 낟알을 하나씩 쪼기 시작했다. 마지막 하나 남은 낟알이 바늘로 변하자 암탉과 병아리들은 실로 변해 바늘 눈을 꿰어버렸다. 그러자 바늘은 불꽃으로 변해 타올라 실을 태워버렸다. 마왕의 시신은 한 가닥 긴 재로 남았다. 마침내 불꽃은 다시 소년으로 돌아와 아버지가 있는 집으로 돌아갔다.

이 일련의 변신과 도망 이야기에 담긴 교훈은, 재빨리 그리고 끈질기게 움직여 다니면서 견뎌내라는 것. 변화, 즉 해방이나 구원에 필요한 변화는 이러한 과제를 성실히 수행해낼 때라야 찾아올 것이다. 그러면 귀신이

들린 것처럼 거의 아무 힘 들이지 않고 변신할 수 있을 것이다. 그리고 눈앞에 빛이 있을 때, 그 빛을 따라 나서면 자유다.

지도 밖 사람들

일부 유럽 쪽 러시아 사람들은 아시아 쪽 시베리아 사람들이 미개하고 후진적이라고 생각한다. 우선 시베리아 사람들 중에는 유형자의 후손이 많다. 유럽 쪽 러시아에 있어 시베리아는 영국에 있어 오스트레일리아나 테즈메이니아오스트레일리아 남동쪽에 위치한 섬으로 영국의 식민지가 되어 유형지로 쓰였다 같은 곳이다. 시베리아 내륙 사람들에게 지성과 교양이 있다고 인정하더라도 그중 상당 부분을 차지하는 과학자·화학자·첩보원 들을 염두에 둔 것이고, 역시 시베리아에서 도시 문화는 실패라는 것이다. 별로 잃을 것도 없고 달리 갈 곳도 없는, 이미 떠나온 사람들이니까.

시베리아 인들이 탐욕스럽고 물질 만능주의라는 편견도 있다. 황무지를 개척해야 하는 험난한 과정을 겪으며 홉스의 '만인 대 만인의 투쟁'과 같은 야만성이 내면화되는 것도 당연하다는 논리다. 러시아 농부들 사이에 전해오는 표현처럼 '신도 삼켜버릴' 굶주림을 겪어왔기 때문이다.

유럽 문화에 푹 젖은 상트페테르부르크 사람들은 시베리아를 변방이자 가축 몰이꾼의 땅으로 생각한다. 도시국가와 예술적인 키릴문자9세기 말에 만들어진 러시아 문자의 모체에 단정하게 구현된 신의 미학을 알지 못한다는 것이다. 모스크바 사람들은 시베리아 사람들을 자본의 본령인 '상거래'의 체계와 흐름에 적응하지 못하는 느릿하고 활기 없는 종족이라고 얕본다.

로스토프러시아 서남쪽 주 사람들은 조용하고 숫기 없는 시베리아 사람들을 이상하게 생각했다. 시베리아 사람들보다 야성적이고 난폭한 로스토프 사람들은 시베리아처럼 오지에서 살아가려면 도끼로 면도하고 고기도 잘라 먹고 보드카도 한 동이는 마시는, 자기들 같은 거친 생활방식이 필요하다고 보았기 때문이다.

1년의 반이 눈으로 뒤덮이는 시베리아의 풍경처럼 시베리아 사람들도 밋밋하고 특색 없다고 깔보는 것이지만, 실은 그 압도적이고 순수한 광활함이 어떤 특색도 없애버리고, 수식어를 붙일 수 없게 만드는 것은 아닐까.

케메로보 시시베리아 서남부 탄광 도시에서 만난 운전사는 자신이 '지도 밖에' 살기 때문에 모스크바의 사촌들이 방문하지 못한다고 말했다.

남자 흉년

고아원 의사가 클로그바닥이나 전체를 나무 등으로 투박하게 만든 신발를 신고 하얀 가운을 입고 앉아서 소비에트 이후 여성의 전형을 완벽히 구현해 보이고 있다.

러시아 남자들은 죽어가고 있다고 그녀가 말한다. 여기선 결혼할 남자가 하나도 없다. 함께 아이를 낳아 기르고 싶은 남자가 없다. 그녀는 무릎 위에 서류철을 한 아름 놓고 내려다보다가 옆의 의자에 쌓는다. "여기뿐이 아니"라고 그녀는 말한다. 여기 시베리아, 노보쿠즈네츠크보다 모스크바나 서쪽 도시들이 더 안 좋다고 말한다. 결혼 같은 것은 수지가 안 맞는 장사가 되었다.

남은 것은 찌꺼기, "전(소련 시절)과 똑같은 사람들"뿐이다. 실업자에다, 어머니랑 살고, 서점에서 담배나 피우고, 술 마시고 또 마시고, 헤로인 주사나 맞고, 싸우고, 어떻게 여기서 벗어날 건지 떠들며 또 마시는 남자들뿐.

1989년 이후 러시아 남자 평균 수명이 10세나 단축돼 58세가 됐다. 아프가니스탄에서 바이칼 호수시베리아 중남부에 있는 세계 제일의 담수호 부근 이르쿠츠크까지 이어지는 '아편 길'이 생겼는데, 여기에 에이즈의 악몽까지 더해졌다. 대부분 주삿바늘을 같이 쓰기 때문으로 짐작된다. 예전에 그녀는 아이를 진료하러 이르쿠츠크에 간 적이 있는데, 그때 길 가운데서 비틀거리다가 넘어지는 몸집 큰 남자들을 택시 기사가 가까스로 피해가며 운전해야 했다.

그녀가 나를 훑어본다. 진짜 러시아 미인이다. 밤색 눈과 옅은 적갈색 머리. 그녀는 내 남자 동료들과 친구들의 나이를 물어본다. 위층에서 아기가 운다. 그녀의 눈에서 아주 살짝 움칠하는 기색이 보인다. 이내 일어나서 간다.

바냐

시베리아에서 바냐러시아 식 천막 사우나는 러시아의 다른 어느 곳에서보다 가정의 중심이었다. 삼나무와 수증기로 이뤄지는 이 의식은 이교도 풍습과 그리스도교 의례가 조화되어 있다. 바냐는 민간에서 제일 먼저 찾는 의료 행위이기도 했다.(두 번째는 보드카, 세 번째는 마늘.) 바냐와 관련된 민속적·주술적 의식들은 아주 방대하다.

아이를 낳는 장소도 목욕실이라, 삶은 실질적으로 목욕실에서 시작되었다. 산모가 출산의 피와 태반으로부터 정화되는 것이다. 정교회에서 얘기하는 그리스도의 피 없는 탄생처럼, 여성의 타락한 육체적 특성을 모두 씻어버리는 의식이었다.

신랑신부는 결혼 전날 밤 목욕실에 각자 가서 오래 전부터 전해오는 이교도의 목욕 의식을 치렀다. 그런데 이것이 공현절동방박사들이 아기 예수를 만나러 베들레헴을 찾은 날이라든가, 재의 수요일사순절 첫날, 참회의 상징으로 머리에 재를 뿌린다, 부활절 등 그리스도교 의식과 무리 없이 어울리는 구석이 있다.

농노 합주단

시베리아의 농노 합주단에서 농부들은 피리, 리코더, 두 줄 류트, 발랄라이카, 구슬리발랄라이카와 구슬리 모두 러시아 민속 현악기 같은 간단한 악기 하나씩을 받았다. 각자 선율 하나씩과 필요한 운지법만 배웠지만, 연주자가 아주 많아서 그럭저럭 교향곡이 울려 퍼질 수 있었다. 연주자 물량 공세와 타이밍 조절로 음악의 기술적 문제를 아주 쉽게 해결한 것이다.

지휘자는 반드시 핀란드나 프랑스 사람이었다. 지휘봉이 올라가면 각 연주자는 자기 존재 전부를 투영하는 것이나 다름없는 행위를 완수해내기 위해 자세를 잡았다. 계급이나 가족과 같은 전체를 위해 바치는 개인의 봉사. 자신의 역할 이외에는, 그 밖의 다른 어떤 역할에 대해서도 알지 못한다. 연주자들은 마치 눈 먼 별들처럼, 일말의 상념도 없이 반짝이고 있었다.

부족의 숫자

시베리아 남쪽 끝 투바몽골 국경 바로 위의 러시아 연방 자치공화국에는 카라하크 족(카라헴 족이라고도 부른다)이 산다. 버클리 대학 인류학과 크뢰버 연구소의 흥미로운 민속지 연구에 따르면, 이 부족은 숫자가 문명 생활의 한 요소로 발전해가는 과정에 대한 흥미로운 사례를 보여주었다.(비록 문명화를 완성하진 못했지만.)

어느 문화권이든 17세기 이후에야 수와 양量 개념이 체계적으로 자리를 잡게 된다. 이렇게 극히 고립된 지역에서 원주민들은 신체를 이용한 계산 방식과 바닥 평면을 이용한 분량 개념(어떤 물건 몇 개로 덮이느냐 하는)에 거의 전적으로 고착되고 만다.

첫 번째 발전 단계는 익숙한 순서대로 신체 부분들을 짚어나가는 숫자 세기에서 벗어나, '모형 체계'를 만드는 것이다. 눈금을 새긴 나무나, 끈으로 조약돌이나 뼈를 이은 묵주 같은 것을 사용한다.

즉 최초의 '셋 계산 체계'에서 진화가 시작되는 것이다. 처음에는 '수'를 실제 사물과 분리해서 생각하지 못했다. 넷을 넘는 수량을 다루기 위해서는 실체가 있는 과정이 필요했다. 손가락 계산, 다른 신체 부분을 이용한 계산 등 하나에는 하나가 대응되는 것이 원리인 계산법인데, 서로 합의한 순서에 따라 적절한 몸짓도 더하는 방식으로 발전했다.

두 번째는 기존의 숫자 순서에 신체 부위의 이름 목록을 대응시키는 추상적인 체계를 만들어낸 다음, 숫자와 신체 부위를 떼어놓고 생각하게 되는 것이다. 그 다음, 숫자의 추상화 작업이 더 진행되어 계산에 적용할 수 있게 된다.

세 번째 단계에서는 숫자 명명법, 즉 숫자 고유의 이름을 만들기 시작한다.

카라하크 족에게 수량 개념은 신체에서 생겨나 채워지는 공간(평면)이라는 관념에 고정되어 있었다. 이런 관념을 설명을 통해 바꾸어놓기는 불가능하다. 인류학자들은 그들이 다른 종족이나 부족의 전적으로 다른 수량 개념을 완전히 이해하기는 아마 불가능할 것임을 알게 되었다. 그들의 수량 체계를 금지하고 남의 것을 받아들이도록 강요하지 않는 한 말이다.

카라하크 족의 수량 개념은 실제 개체 수나 부피와 아무 관련이 없었고, 어떤 물건이 땅을 얼마나 많이 덮을 수 있는가 하는 것하고만 관련이 있었다. 예를 들어 목재라면, 쌓아올린 것은 소용이 없고 땅을 더 넓게 덮어야 수량이 많은 것이었다.

통나무를 수직으로 차곡차곡 쌓아 100킬로미터 높이가 된 것과 땅 표면에 수평으로 100킬로미터 늘어놓은 것이 같은 수량이라는 점을 인류학자들이 어떻게 설명할 수 있을까? 각각의 더미를 저울로 재면 무게가 같다는 사실도 물론 그들에겐 말도 안 되는 얘기였다. 그들의 수량 개념도 인류학자들처럼 정교하긴 했지만, 그들에게 수량이란 측량의 개념이 아니라 배열의 개념이었기 때문이다. 수량을 밝히고 표현하는 단 한 가지 방법은 수직으로 쌓인 목재 더미를 펴서 그만큼 지표면을 덮는 것이었다.

이런 수량 개념이 계량 기구 사용에 따른 성숙 과정, 즉 추상화를 거치지 않은 상태라고 할 수도 있다. 하지만 물물교환에서도, 개인이 필요한 것 이상은 얻으려고 하지 않았던 부족 생활에서 계량 기구는 불필요했을 터다. 예를 들어 남들과 똑같은 집 한 채를 짓는 데 필요한 목재 이상은 가지려 하질 않았으니까.

숫자 관념은 신체를 벗어나 추상화, 복잡화, 단순화 혹은 유용화의 단계를 따라 성숙해갔다. 그렇다고는 해도 사회적으로 필요한 수준까지만이다. 혹은 비트겐슈타인의 말처럼 '삶의 형식들'이 허락하는 데까지다.

간이 매점

노보시비르스크 시 항구에서 동쪽으로 가다 보니 간이 매점들이 있는 잔디밭 언덕이 나왔다. 저 먼 대초원의 마을에서 보던 허술하고 조그만 판잣집같이 생겼다.

베사라비아몰도바 동쪽 지역 산 와인, 하이파이스라엘 북쪽 지역 오렌지, 피클, 아마亞麻 스카프, (물고기, 뇌조, 멧돼지의) 발톱과 발굽과 머리가 담겨 부글부글하는 항아리. 그리고 사방에 각양각색의 불가사리—날것인 불가사리, 말라서 갈라진 불가사리, 까맣게 된 불가사리—들이 있었다. 마찬가지로 버섯도 다양한데, 러시아 사람들이 먹는 버섯은 거칠기 짝이 없고 질기기 한이 없는, '굶주린 자들의 애호품'이다.

약물 분실 사건

고아원 원장이 추문을 하나 들려준다. 또 하나의 '중독자 드라마'다. 병원뿐 아니라 고아원에도 약을 공급하는 지역 의료국이 문제다.

대부분의 약은 떨어지거나 분실되어도 다른 종류로 금방 대체할 수 있다. 하지만 진통제 펜타닐은 예외적으로 정부의 통제(엄격한 감시) 아래 있다. 모스크바 극장 인질 사건 때 펜타닐을 사용해 재앙을 일으킨 바로 그 정부다.(사건 당시 러시아 경찰이 펜타닐 가스를 뿜어 테러리스트와 인질 모두 의식을 잃었는데, 해독제를 실은 차량이 길이 막혀 늦는 바람에 112명의 사망자를 냈다.) 펜타닐은 또한 헤로인 대체재인 합성 마약의 한 종류이므로

철저히 규제된다. 이르쿠츠크의 중독자들은 금값을 주고서라도 살 것이다.

약 두 병이 행방불명되고 주사기들도 없어졌다. 상자 안을 오래 확인해보지 않았던 것이다. 일어나서는 안 되는 일이었다. 원장이 퇴근하는 고용인들의 외투 주머니를 뒤지고 팔뚝을 모두 검사했다. 억센 요리사들, 나이 지긋한 여성들은 그 노력을 비웃었다. 국을 담당하는 젊은 요리사들은 팔뚝을 짜증스레 문지르며 입을 삐죽거렸다. 원장이 모든 사람을 검사해야 했다. 고용인 하나하나, 풀타임, 파트타임, 프리랜서 모두 다 말이다. 마지막으로 검사한 사람은 양호실 의사였다. 분명, 원장이 말했듯이, 설마, 의사가 그럴 수는 없었다. 그 휘하의 모든 생명들은 바람 앞의 촛불과 같았다. 숟가락에 달걀노른자를 얹고 하는 달리기와 같았다. 결코, 결코, 꺼트려서는, 떨어뜨려서는 안 되는 것이었다.

가짜 독재자

북쪽의 예전 주도로 가는 유일한 도로에서, 그럭저럭 잘 가고 있긴 했지만 길이 막히니 짜증이 났다. 오늘 우리의 화제는 미국의 미사일이 파괴한 것이 '진짜 독재자'인지 '가짜 독재자'인지에 대한 토론. 그러자 한 시간이나 두 시간쯤은 아무렇지도 않았다. 그러나 로스앤젤레스의 고속도로에서 퇴근길에 지긋지긋하게 겪던 교통 정체를 이렇게 탁 트인 황무지의 나라에서, 게다가 '특제' 차량을 타고 겪게 될 줄이야…… 짜증스러웠고 정확히는 모욕적이었다.

우리는 군인으로 보이는 사람들과 멈춰 선 차 한 대 주변으로 수신호를 받으며 구불구불 나아갔다. 이들이

고임금에 근엄한 '진짜 군대'(검은 베레모)인지 저임금에 툭하면 꽁무니를 빼는 '가짜 군대'(국방색 베레모)인지 알 수가 없었다. 카시트가 빨간 하얀 차 안에는 사람이 보이지 않았다. 앞 유리는 깨지고, 앞쪽에 커다란 하얀 컨버터블 덮개가 떨어져 있는데, 그 밑에 차를 급정거하게 만들었을 구덩이가 보였다. 열린 차문 옆으로 뒹구는 캔에서 웬 액체가 꿀렁꿀렁 쏟아지고 있었다.

그 당시 우리 논쟁의 쟁점은 그럼 미사일이 '진짜 독재자'를 죽였느냐 하는 것이었다. 잔혹성은 차치하고라도, 우리 모두 '진짜 독재자'들에게 공통된 한 가지 확실한 특성을 알고 있다. 그것은 이들이 비슷한 분신, 즉 가짜 독재자를 낳는다는 점이다. 그리고 그 때문에 수색, 취조, 필요하다면 사격과 포격까지도 동원된다. 체제의 정신 나간 논리 안에도 단 하나의 자명한 이치가 존재한다면, '진짜'를 위해 '가짜'는 희생돼야 한다는 것이리라.

엄청난 미사일 공격 후 독재자 하나가 텔레비전에 나왔다. 가짜인 것처럼 보였다. 두툼한 턱살과 희한한 안경이 나이 지긋한 족장보다는 어리둥절한 뒷방 노처녀 같은 인상을 풍겼다.

그날 우리가 도시 교외 지역에 도착하고 나서, 뉴스를 보고 얼마나 놀랐는지 모른다. 아무도 생각 못했던, 그것은 전쟁이었다. 공격을 했던 장성들이 바리케이드 주변에서 교통정리를 하고 있었던 것이다. 미사일이 그 자동차 앞을 폭격해서 차가 한 바퀴 돌았던 것이다. 운전자가 운전대에 가슴을 들이받고, 표적은 미국의 끔찍한 불상사들과 비슷하게 앞 유리창으로 튕겨나가 자동차 덮개 밑에 있었다.

누가 시트를 씻어내려 애쓰고 있었다. 시트는 원래 하얀색이었다. 붉게 변한 양동이 안에 스펀지가 둥둥 떠 있었다.

차, 증발하다

나는 기계 파괴주의자요. 고발하시든지! 노보시비르스크에서 택시를 모는데, 작은 문젯거리가 하나 생겼소. 어제 자동차 카세트의 되감기 버튼을 눌렀더니 테이프가 지워진 거요. 그 위 시디플레이어에 들었던 시디도 지워져버렸소. 그러고 나서 10킬로미터쯤 가다 보니 계기판 액정의 숫자들이 사라졌고 시계판도 지지직거리더니 차츰 빌어먹을 텅 빈 화면만 남았소.

고개를 들어 백미러를 보니 그것도 사라지고 없었소. 그래도 사이드미러로 대신 보면 된다고 생각했는데, 이럴 수가, 차 안에 그 어떤 뒷거울도 없이 내가 운전을 하고 있었던 게 아니겠소! 목을 쭉 빼고 돌아볼 수밖에 없었는데 식은땀이 축축이 흘렀소.

앞 범퍼가 왼쪽부터 점점 허공 속으로 사라지기 시작했소. 거대한 고무지우개가 지워버리는 것 같았지. 레이싱 카처럼 녹색으로 칠했던 측면도 순식간에 먹혀 들어가, 찬란한 햇빛에 차 내부가 그대로 노출됐소. 보닛 장식도 거역할 수 없는 순리처럼 둥글게 원을 그리며 지워졌소.

다음은 뭘까? 바퀴? 내가 앉아 있는 이 좌석? 운전대? 보닛은 그냥 사라지지는 않고 토네이도 영화에 나오는 대피용 지하실 문처럼 훌떡 들려 떨어져나갔소. 어느 엔진 부품이 언제 떨어져나가는지 알게 뭐요? 점점 더 많이 떨어져나갔고, 너무 많이 떨어져서 마치 새 깃털이, 탄알에 맞은 버썩 마른 까마귀한테서 깃털이 날리는 것 같았소.

당연히 엄청난 공포에 휩싸여야 했으나 나는 그저 황당할 따름이었고, 남은 것은 운전대와 좌석뿐이었소. 이 도시에서 차 없는 남사란 무엇인가? 남자가 '자기 차 하나 온전히 간수 못하는' 것보다 이웃에게 더 망신스러운 일은 없소. 주차요원에게 차를 맡기자 깜짝 놀라는구려. 나는 옷을 한번 털어내고 운전대와 좌석만 덩그마니 남은 차 주변으로 모여든 군중 곁을 총총 떠났소.

빵과 자유

「대심문관」도스토옙스키 『카라마조프 가의 형제들』에 나오는 이야기에 의하면, 악마가 황야의 그리스도를 세 가지 질문으로 시험했을 때, 첫 번째는 음식에 대한, 빵에 대한 질문이었다. 창조주이자 창조주의 아들이고 기적을 행하는 자인 그리스도는, 첫 번째 유혹에 당신의 양 떼만큼이나 약한 존재였다. 간단했다. 그리스도는 군중에게 자유 대신 빵을 줄 수 있었고, 자유를 향한 갈망이 사라지면 세속 왕국의 평화는 보장될 수 있었다. "범죄가 없으면 죄악도 없다. 굶주림이 문제일 뿐" 하고 악마가 말했다. "음식을 주고 나서 선을 요구하라."

얼마나 미묘하고 놀라운 시험인가. 자기 백성을 이토

록 사랑한다면 가장 기본적인 욕구를 채워주지 않겠는가? 얻기도 가장 쉬운 것이 아니던가? 음식이 있으면, 예를 들면 마가단러시아 북동부 오호츠크 해에 면한 주 사람들은, 최소한 '다음 날까지의 생존'을 확보할 수 있었다. 때가 오면 자유를 걱정할 수도 있었다. 어떻게 사느냐를 생각하기 전에 생존이 있어야 하는 것이다.

하지만 유혹은 성공하지 못했다. 예수는 빵을 버리고 자유를 선택했다. 전설에 따르면 악마는 날카로운 소리를 지르며 숲으로 도망치고, 그리스도는 '노'라고 동그랗게 입 모양을 굳혔다가 잠시 손을 들어 입을 가리는 것 같았다고 한다. 의혹이라도 든 것처럼.

기분 좋은 발음

아바칸, 아무르, 암군, 알마티, 보두노프, 부랴트, 도모데도보, 카잔, 쿠즈네츠크, 하바롭스크, 레르몬토프, 무즈나, 마가단, 노브고로드, 오룔, 페레델키노, 로스토프, 사마르칸트, 시베르스카트, 튜멘, 타간로크, 우즈베키스탄, 울란우데, 볼고그라드, 보즈네센스키, 야쿠츠크, 예레반, 시코바, 지마, 지마, 지마, 지마.

성상 숭배

15세기 초, 러시아 인들이 타타르 인유럽과 아시아를 가르는 우랄 산맥 부근에서 세력을 떨쳤던 튀르크 계 종족 들에 승리를 거뒀지만 시베리아는 아직 국가 체제도 국경도 제대로 갖추지 못했다. '도시국가'가 부재한 가운데 성물은 나라의 정체성을 유지하는 강박적 매개수단이었다. 러시아를 하나로 모은 것은 그리스도교 신앙이었고, 이 신앙을 하나로 모은 것은 성찬식과 미사 전례, 또 부단한 성상 숭배와 성상 제작 기술의 발달이었다.

격전장 위로 금칠하고 색칠한 성상을 부적처럼, 성령을 담은 그릇처럼 높이 들어 올리면서, 모든 결단과 행동을 초월적인 힘으로 감쌌다. 성상은 비둘기처럼 성령이자, 신성의 구현 도구였다. 또 전진하는 기독교 군대의 앞길을 비추는 신성의 매개물이었다. 부상을 입고 죽어가는 병사들 곁에 사제가 없어도 성상만 가까이 있으면 문제없었다. 병사들은 성상에 입을 맞추고 만지고 이마를 댔고, 성상은 피와 흙먼지 위로 성배처럼 빛났다.

무당의 충고

카드와 주사위 놀이에서 손을 떼라는 무당들의 충고 한마디.

"자기 지시적 성격 때문에, 도박은 독립적인 우주이자, 실제 세계로부터 기분 전환이 될 수 있다. 하지만 자족적인 우주라고 해도 정말 빈약한, 허상의 우주가 아닐 수 없다. 도박에서 얻은 것은 모두 도박에서 끝나고, 도박의 규칙이 또 다른 도박의 규칙을 낳는다. 아무리 해봤자 분명해지기는커녕 점점 더 혼란스러워지고 모순이 가시덤불처럼 뒤엉킨다. 도박은 자위다. 생각하는 남자의 자위. 떨쳐내야 한다.

도박은 다른 동력을 빌릴 수가 없으니, 필요한 자는

그 안의 각종 도구와 법칙과 속임수를 몽땅 섭렵하는 괴력을 보인다. 미래는 마음에서 나온다. 그리고 마음이 밖을 내다보기 때문에 생긴다. 이렇게 계속하면, 과거를 뒤로하고 과거를 딛고 계속 나아가다 보면, 영혼의 평원에 도달할 것이다. 산울타리와 바위로 둘러싸인 땅에 도달한 자신을 발견할 수 있을 것이다. 진정으로 그곳이 본디 살고 싶던 곳임을 알게 될 것이다. 계획도 없고 책략이나 예측도 필요 없음을 알게 될 것이다. 영혼의 빛은 무르익어 터지고 쏟아져 나온다. 그 앞에서 서서 두 팔을 들어라. 돌담 위로 떠오르는 붉은 달처럼 탁 쪼개져 흘러나올 것이다."

양다리 사진

고아원 의사가 다시 결혼 문제로 한탄을 늘어놓았다. 늘 아기들과 지내다 보니 그녀의 인생에서 유일하게 남은 이 빈틈을 떠올리지 않을 수 없는 것이다.

그래서 러시아 남자들에 대해, 러시아 남성의 특징, 그 끔찍한 결점들에 대해 더 많은 불평이 이어졌다. 그녀는 서류함의 각진 모서리 부분을 손가락으로 어루만졌다. 인간의 지리멸렬함에 비해 기하학은 얼마나 정확한지.

"러시아 남자들은 도의를 몰라요. 영화 〈캡틴스 파라다이스〉에 나오는 뱃사람 같다니까요"라고 그녀가 말했다. 무슨 영화인지 알 수가 없었다.

그녀가 물었다. "알아요?" 나는 〈소유와 무소유〉에서의 험프리 보가트를 떠올렸다. 그녀가 말했다. "알렉 기네스 말예요. 지브롤터에 부인이 있잖아요. 탕헤르에는 정부가 있고요." 내 머릿속에서는 회색 잔물결들이 찰랑거렸다. 증기를 폭폭 뿜는 기계 위에서 큰 바위가 흔들거렸다.

"알렉 기네스한테 사진이 있어요." 서류를 초상 사진처럼 무릎 위에 똑바로 세우더니 그녀가 말했다. "한쪽에는 부인 사진이 있고 다른 쪽은 정부 사진이죠." 그녀는 잠깐 창문을 내다봤다. "부인과 다닐 때는 부인 사진이고요. 그날 밤에 정부에게 갔던가? 하여간 그때는 사진을 뒤집어서 바꿔놓죠." 그녀는 서류를 뒤집지는 않았지만 손가락으로 뒷면을 툭 쳤다. 먼지 구름이 풀썩 일었다.

서류에는 생모 이름만 적혀 있었다. 만일 생부 이름을 아는 경우에는 생모 이름 바로 아래 적어놓는다. "생모 이름이 여기 있고요. 생부 이름은 그 아래죠. 대부분은 이래요. 생부 이름이 없어요."

그녀는 서류를 내려놓고 말보로 담뱃갑을 집어 셀로판 종이를 뜯기 전, 주먹 쥔 손에 대고 톡톡 친다. 나는 주머니에서 성냥을 꺼낸다.

스텝 민족의 무기

에르미타주 박물관의 무덤 출토 유물

검 자루에 새겨진 우즈베크 칸14세기 킵차크한국의 전성기 군주의 이름, 그리고 글귀가 구릿빛으로 번쩍인다. 미루나무 둥치를 가를 정도로 중량감 넘치면서도, 사슴뿔을 도려내 부는 화살 주둥이도 만들 수 있도록 끝부분은 날렵하다. 멀리서 들려오던 수천수만의 하얀 화살 소리. 거의 울음소리에 가까운 '죽음의 노래'. "볼가 강가에서 폭풍을 맞이한 꽃처럼, 여기 대항하는 자들은 절멸하리라."

통나무 처형

별별 희한한 처형 수단 중에서도, 신은 유독 통나무를 이용한 방법에 동정심을 보인다. 이것은 진정한 카프카적인 장치로, 철도가 단 한 개 노선으로 줄어드는 유형지에서 발명되었다.

시베리아 죄수 수용소 내 벌목장에서는 급경사면을 만들어서 목재를 내려보내고 수력 발전을 했다. 급경사면 위로 올라가려면 계단을 이용해야 했는데, 보통 한 층은 계단이 18~20개였고, 이런 계단이 5~6개 층 혹은 최대 10개 층까지 있었다. 어느 수용소는 경사면 꼭대기까지 계단이 300개나 됐다고 한다. 쌓이는 눈을 계속 쓸어냈지만 거의 항상 얼음이 덮여 있다 보니 표면은 갈색으로 빛나, 멀리서 보면 산허리에 길게 난 상처 같았다.

처형 시에는 죄수를 통나무에 묶어 밀어 떨어뜨려서, 엄청난 기세로 쿵쾅거리며 구르고 미끄러져 내려갔다. 교수형처럼, 죄수 자신의 몸무게, 그리고 무자비한 평등주의자 중력이 죽음의 원인이었다. 바닥에 도착한 시신은, 심지어 머리도 손상되지 않은 상태이곤 했다. 밧줄을 하도 단단히 묶어 매듭은 풀어져도, 줄은 그대로 감겨 있곤 했다. 죄수는 보통 세 번째나 네 번째 층에서 죽었다.

이슬람교에서 보자면 이런 죽음은, 실존에서 빙빙 돌아나와 무아지경 속으로 떨어지는, 일종의 비극적이고 수동적인 데르비시이슬람교의 일파로, 예배 때 빙빙 도는 빠른 춤을 춘다로 볼 수도 있다. '지금 이곳에서 빠져나가 무無의 장소로 돌아가는' 것이다.

수감자에서 정착민으로

사악하고 욕심이 엄청났던 야고다는 전임자 예조프를 죽이고, 스탈린 밑에서 특유의 수용소 시스템을 건설했다. 수용소가 정착촌으로 바뀌기 시작한 것은 대체로 1930년 4월의 다음 보고서 이후였다.

동지들께.

수용소 문제를 다른 각도에서 풀어야 합니다. 오늘날 수용소는 수감자들을 모아만 놓고, 수감자의 앞날이나 수용소의 앞날에 대해서는 아무 계획 없이 노동력만 이용하고 있습니다. 수감자들에게 일과 후에 자유를 더 줌으로써 노동을 자발적으로 하게 해야 합니다. 그러므로 수감 기간이 끝나기 전에 수용소를 정착촌으로 전환해야 합니다.

박애주의적 충동 때문에 모범수의 교화 기간을 줄이는 방식은 종종 꽤 위험하기 때문에 받아들이기 어렵습니다. 이것은 또한 그들이 복권되었다는 잘못된 인상을 심어주고, 거짓으로 교화된 척할 염려도 있습니다. 이는 부르주아 국가에서나 있을 수 있는 일입니다.

수감자들을 완전히 우리 식 인간으로 개조해서 감옥을 해체해야 합니다. 기존의 시스템으로는 감옥을 해체하는 데 많은 세월이 걸립니다. 수용소는 어찌 보면 감옥보다 더 안 좋습니다. 북부를 가능한 빠른 시간 내에 정착촌으로 만들어야 합니다.

제 계획은 이렇습니다. 모든 수감자는 수감 기간이 끝나기 전까지 정착촌으로 이주해야 합니다. 여러 지역에서 수감자를 1500명 정도 선발해서 이주시킨 후 목재를 주고, 들어가 살 오두막을 짓게 하고 가족을 데려오도록 장려하는 식으로요. 200~300가구씩 정착촌을 만들어 관리자의 감독을 받습니다. 벌목을 하지 않는 계절에는 (특히 몸이 약한 자들은) 텃밭을 일구고 돼지를 치고 풀을 베고 물고기를 잡게 합니다. 처음에는 배급을 줘야겠지만 나중에는 자급을 할 수 있습니다. 기존 정착촌에 수감자들을 더 이주시켜 정착촌을 확장할 수도 있습니다.

이 부근에는 석유나 석탄 같은 엄청난 양의 천연자원이 매장돼 있습니다. 몇 년 더 지나면 정착촌은 프롤레타리아 광산 도시가 될 것이라고 확신합니다.

지금 수감자들은 대부분 농업 종사자들입니다. 땅에 애착을 느끼는 사람들이죠. 관리자가 별로 없어도 도망자가 거의 없습니다. 여자들이 이주해서 결혼하도록 허락해야 합니다. 즉시요. 그리고 감옥 시스템을 완전히 뒤집어놓을 능력을 가진 열정적인 인물들을 찾아내야 합니다. 이제는 완전히 썩어 있어요.

겐리흐 야고다 드림.

한 달 후에 소련 공산당 정치국에서 수감 노동력을 이용해서 백해와 발트 해 사이에 운하를 건설하기로 결정했다. 첫 번째 대규모 프로젝트가 '합동 국가 정치 보안부'에 위탁되었다. 27만 6000명의 노동자와 관리자, 감시자, 지원 시설 인력이 동원되는 사업이었다. 이것이 바로 근대사상 가장 큰 규모의 헛된 공공사업이 되었다.

신비한 폭탄

19세기 중엽 이후에는 폭탄, 그러니까 사람이 터트리는 화약 폭발이 새로운 마법의 불꽃이 되었다. 무정부주의자들이 러시아 북서쪽 백해에서 동쪽 대초원에 이르기까지 그들의 이념을 전파하는 과정에서였다.

세르게이 네차예프가 그 우두머리였는데, 후에 도스토옙스키 『악령』의 모델이 되었다. 네차예프의 「혁명가의 교리문답」에는 도화선의 쉭 소리, 대화재, 폭파, 펑, 탕 등의 소리가 가득하다.

종교적인 것에 대한 그 모든 경멸과 이성에 대한 예찬에도 불구하고, 무정부주의자들은 무기류를 기술할 때 신비주의적인 어투를 사용했다. 민중의 동물적 분노와 욕구 덕분에 무기가 스스로 일어선 거나 마찬가지라는 식이었다. 차를 타고 가던 차르러시아 황제의 대리자를 살해한 폭탄은, 일단 던지자 "마법의 새나 동물처럼 스스로 공중을 날아갔다"고 한다. 이 최초의 스마트 밤정밀 유도 미사일의 정교한 회로는 마법의 힘이 만들어낸 것이었다. 민간인은 한 명도 다치지 않다니, 사람 손으론 그럴 수 없었을 거라고 신기해들 했다.

지도 읽는 사람

고엔이 탁자 위에 시베리아 지도를 펼쳐놓고 있었다. 쿠즈바스서시베리아 남부 탄전지대 호텔의 카페테리아에서였다. 프랑스의 다섯 배 크기인 시베리아 북동부는 북극해 아래쪽으로 아직 탐험되지 않아 빈둥거리는 처녀처럼 꾸물꾸물 퍼져나가다, 곱송그린 일본 위로 얼음 머리칼을 한 자락 늘어뜨리며 좁아졌다. 그 상당한 땅덩이가, 시베리아였다. 허튼짓을 용납하지 않는 위압적인 덩어리, 지구상의 최후의 영토다.

고엔은 시베리아가 사람이 사는 북반구 지역 중에 가장 낮은 온도 기록을 보유하고 있다는 것을 안다. 사람을 통째로 삼키는 추위다. 이빨 없는 고래가 잇몸으로 무심하게 집적거리다 짓누르고 동강내 죽음에까지 이르게 하는 것 같은 추위다. 히틀러는 학살의 수단으로 불을 선택했지만 스탈린은 분명 얼음 쪽을 선호했다.

너덜너덜한 회색 천막 지붕 틈으로 바늘구멍만 한 빛이 스며들 때처럼, 그와 같은 '극심한 고통의 한복판에 내려앉은 아름다움'이라는 개념이 고옌의 머릿속을 관통했다. 오로라, 야생화 들판, 외진 수도원들이 해당할 것이다.

바를람 샬라모프러시아 작가이자 강제노동 수용소 생존자를 읽고 있었다. 『콜리마 이야기』에선 민들레처럼 목이 꺾인 아이들이 토사 더미에서 발견되고, 일하다 얼어 죽은 일꾼들은 그저 문서에 한 줄로 기록되며, 아침 점검에 나타나지 않는 남자들은 도망쳤다기보단 죽은 것으로 간단히 정리되었다. 고옌이 제일 좋아한 대목은 「보철 장치」다. 모든 수감자는 보안검색대에 의수와 의족 들을 풀어서 올려놔야 했다. 그런데 유일하게 몸이 온전했던 마지막 수감자가 말한다. "내 영혼은 내놓을 수 없소."

꼬깃거리는 시베리아 지도를 잘 폈다. 고옌은 자신이 선택한 몇 가지 방식, 즉 사진, 삽화, 하여간 강렬한 어떤 수단을 동원해 시베리아를 '서양문명화'해 보여줄 것이다.

고옌이 시가 하나를 갑에서 꺼냈다. 그는 왜 고아원을 방문했는지 말을 하지 않았지만, 나는 그에게 시가 한 갑을 주었더랬다. 고옌이 시가 갑을 기울이자 나란했던 시가 개비들이 달그락거리며 굴렀다. 시베리아 동쪽 역시 상트페테르부르크만큼이나 수많은 사람들의 뼈 위에 건설된 곳이다. 시가가 달그락거리는 소리에 한기가 몸을 훑고 지나갔다. 자신의 허영심을 다지게 하는,

엄숙한 임무를 환기시키는 소리였다. 고옌은 이런 미신, 징조를 믿었다. 시가를 피우며 연기를 둥글게 말아 뱉고 허공에 퍼지는 연기 고리 속으로 또 작은 고리들을 자꾸만, 자꾸만 뱉어냈다. 그 고리들 사이로 하늘에서는 새들이 열을 지어 구름을 향해 날아오르고 있었다.

딜도 월급

소련 시절부터 제련소에서 열심히 일해온 노동자들은, 옐친 집권 첫해, 크렘린에 현금이 떨어지면서 현물 봉급 체계가 이렇게 엉망이 될 줄 몰랐다. 전에는 감자, 연료, 자동차 부품, 이런저런 식량, 생필품 교환권 같은 것들을 지급받았다. 그러면 암시장에서 근소한 수수료만 내고 현금이나 원하는 물품으로 바꿀 수 있었다.

그러나 1991년 가을, 사람들은 봉급을 받으려고 줄을 섰다가 장신구, 가죽 제품 같은 것이 든 상자를 받아오기 시작했다. 가죽 제품이란, 벨트도 장갑도 부츠도 아니고 지갑이긴 한데, 스칸디나비아 반도에서 만든 딜도를 넣은 지갑이었다. 딜도 주머니는 두 가지 점에서 모욕적이었으니, 과장된 크기뿐 아니라, 하나같이 투명한 인조 가죽 주머니였던 것이다. 또한 이 성 기구는 단순한 옅은 색이나 검은색이 아니라 빨강, 노랑, 갈색 등으로 알록달록했다. 심지어 어떤 것들은 투명이었는데, 소다수처럼, 어린 시절 가지고 놀던 구슬처럼, 안에 작은 기포들도 들어 있었다. 딜도는 암시장에서도 문제였다. 콘돔 상인들이 녹여서 쓸 수 있었지만, 그러고도 넘쳐나서 심각한 적체 현상을 빚었다.

로사와 루드밀라는 딜도 주머니들을 끌고 언덕을 내려가 광장 시장으로 가다가 창피한 마음에, 〈프라우다〉 신문지로 둘둘 싸서 꽃다발처럼 보이게 했다. 그들은 러시아 정부도 비난했지만 또한 북유럽 사람들에게도 지독한 욕설을 퍼부었다. 덴마크, 스웨덴, 핀란드 사람들은 진짜로 딱한 사람들이라고 목소리를 높였다. 어떻게 인생을 이런 섹스 묘기나 하고 살며 낭비하느냐? 일도 아니고, 오락도 아니고 먹는 것도 아니고 잠자는 것도 아니고 말이야.

루드밀라는 신문지 안을 슬쩍 들춰보다가 머리가 두

개 달린 녀석을 하나 보고 놀라서 가슴을 쓸어내렸다. 로사는 이 물건을 일종의 의료용이나 보조용으로 쓸 수 있다는 점은 수긍했다. 그리고 밝은 색 녀석 하나를 집어 들고 섬세한 만듦새에 감탄했다. 녹색과 파랑색 핏줄, 부드러운 앞 봉우리와 고환. 그녀에게는 아주 오랜만이다. 남편이 해군 장교였는데 너무 충성한 나머지 브레즈네프를 따라 격렬히 산화해버렸다.

콘돔 상인의 부스 앞에 늘어선 줄은 우파 강가까지 이어졌고, 거기 들어선 작은 시장은 다양한 재료로 만든 딜도들로 전시장을 이루었다. 플라스틱은 녹이고 나무는 땔감꾼들이 더 이상 불쾌감을 주지 않는 조각들로 쪼갤 것이다.

더 이상 들춰보고 싶지 않은 두 부인네는 자기들 것을 콘돔의 재료로 결론 내리고 줄 끝으로 가서 꾸러미를 깔고 앉는다. 스카프를 머리에 쓰고 등 뒤로 강물이 쉼 없이 흘러가는 소리를 듣는다. 늘어선 줄에서 젊은 노동자들은(주로 여성들과 여고생들) 스스럼 없이 꾸러미 위에 앉아 카드를 치며 술을 마시고 있다. 아직 정오도 안 됐는데 말이다.

로사는 남편이 말아주었다는 담배 한 대를 꺼내 보였다. 군인답게 종이도 얼마나 단단하게 말고 담뱃가루도 얼마나 잘 다져 넣었느냐고 자랑하면서 슬픔을 떨치려 해보았다. 하지만 줄 선 사람들을 둘러보고 흙빛 강둑과 주변 산들을 보다가 그녀는 깨달았다. 딜도는 이 근방에서 유일하게 알록달록한 물건이다. 늘 그렇듯 일터로 밀려가는 검은색과 갈색의 보행자들을 딜도 꾸러미들이 마치 꽃울타리처럼 가르고 있었다. 딜도들이 만들어내는 화려한 무늬는, 생기 있고 찬란하며 위협적인, 한여름에 무성한 정원 같았다.

마녀 벌목 기계

곡주(보드카가 아니라)를 많이 마시고 난 옴스크서시베리아 남부의 주의 벌목꾼들이 그녀를 목격하곤 했다.

그녀의 까만색과 은색 기계 몸체 가운데 부분은 플라스틱 네모 박스로 돼 있다. 안에는 볼베어링처럼 쇠구슬과 목재 들이 섞여 있다. 빨강, 녹색, 밝은 파랑, 노랑, 투명한 전선이 이리저리 가로지르며 핏줄 역할을 한다. 이 전선들로 어떤 것이든 전송될 수 있다는 점이 가장 무서운 점인 듯했다.

그녀는 주세페 아르침볼도중세 이탈리아 화가로 과일, 꽃, 책 등을 조합해 사람 얼굴 모양을 그렸다의 그림 같다. 하지만 조합 재료는 열매나 꽃이나 음식과는 거리가 멀다. 아르침볼도라면 매력적이라고 생각할 리 없는 소재다.

그녀의 얼굴은 반은 씩 웃는 해골이고, 반은 침침한 불이 들어오는 둥근 계기판이었다. 머리엔 철사로 된 왕관을 썼다. 텁수룩하게 엉킨, 강철 털실이다. 그녀의 팔뚝은 체인톱이고 구부린 팔꿈치는 기름을 발라도 밧줄들 때문에 끽끽거렸다. 손가락은 송곳처럼 얇은, 가로켜는 동가리톱이었다. 가루가 두껍게 들러붙고 무수한 톱질로 뭉개졌으며 순식간에 나오고 들어간다.

귀고리도 있다. 잘린 사람 엄지와 발가락과 코가, 작은 유리병들 안 포름알데히드에 잠겨 있다. 톱밥 더미에서 나온 곤충 애벌레들이 호박 속에 보존되었다. 하얗게 마디진 몸통과 까맣게 빛나는 점 같은 눈. 그녀의 손은 이제는 유물이 된 끔찍한 산파 도구들을 들고 있다. 낙태 시술자들과 굴라크강제노동 수용소 신참 고문가들의 도구였다. 입술은 눈부시게 빛나는 알루미늄이었지만, 이리와 코요테 들의 진줏빛 앞니에 당해 망가졌다. 파괴와 창조의 여신 칼리처럼 생쥐, 족제비, 나무도마뱀의 작은 두개골 목걸이를 달고, 벨트는 선반톱 주변에 모인 절단된 손들이었다. 절단면에서 주홍빛 점액이 늘어져 뒤엉켜 있다. 잘린 손가락 끝이 말라서 낙엽처럼 와삭거렸다.

그녀의 발은 용광로에서 쓰던 석탄차 바퀴인데, 어색하게 삐거덕거리며 조금씩 앞으로 나아갈 수 있었다. 겨드랑이에서 흩뿌려지는 회녹색 크리스털 조각, 반짝이는 뾰족뾰족한 모양의 규토가 종유석으로 자라고 있었다.

벌목꾼들은 그녀가 거대한 수직 톱 부근에서 떠돌아다니는 것을 한 번이나 두 번, 또는 세 번이나 목격했다. 수직 톱이 바로 등뼈, 천천히 올라갔다 내려갔다 하는 밝은 반달 모양 강철 척추였다. 그녀를 목격하고 나면 며칠씩이나 방에서 나오지 않고 퍼마시며 잠들기를 두려워했다. 조상들이었다면, 자기들 가운데서 한 명을 뽑아 공물로 바쳤을 터다.

이방인의 꿈

우리는 아멜리아가 싫어하는 방한복 속에 아이를 푹 집어넣고 츠베르스카야 거리를 터벅터벅 걷는다. 랴부신스키 하우스, 코르시 극장, 구빈 단지를 지난다. 대로는 하얀 눈이 쌓여 반짝이고 바람에 뿌예졌다 밝아진다. 거리의 악사가 지하도나 지하철 입구에서 연주를 하고 있다. 나는 이틀 더, 이 광대한 지하도들을 이용해서, 기저귀도 사고 으깬 채소도 사고 갈색 병에 이파리들이 담겨 있는 우크라이나 밀 보드카도 사련다.

낡은 건물들 사잇골목에 이탈리아 인들이 운영하는 아드리아 해이탈리아와 발칸 반도 사이의 바다 풍 레스토랑이 생겨서, 외국인들이 드나든다. 웨이터들은 러시아 사람들인데 내가 주문을 까다롭게 했더니 어쩔 줄 몰라 한다. 웨이터들이 구석에서 자기들끼리 쑥덕이며 아내가 기저귀 가방 푸는 걸 흘겨본다. 아기가 버둥대며 울어젖힌다. 우린 일찍 나오고 만다.

난 악몽을 꿀까 봐 걱정하며 수면제를 임페리아 보드카로 삼킨다. 역시나 우려는 실현된다. 신경질적인 웨이터들이 나오는, 웨이터 왕국의 꿈을 꾼다. 신혼여행으로 갔던 브라질 바이아 같다. 피부가 하얀 남자, 유난히 눈이 밝은 빛깔인데 어느 인종인지는 모르겠다.

이상한 새우 요리 같은 것을 내온다. 접시 위의 생물체들은 밀랍 같은 회색빛이다. 무슨 전자기파 같은 소리를 웅웅 하고 내고 있다. 영화 〈이레이저 헤드〉에서처럼 살아 있는 것 같다. 접시를 밀치다 갈색 소스를 옷에 흘렸다. 웨이터가 다른 요리를 주문하겠느냐고 묻는다. 고개를 끄덕이자 고개를 숙이고 물러간다. 갑자기 이가 자갈처럼 무겁게 느껴진다. 이가 어항을 통과하듯 몸속을 통과해 떨어지면 어떨까 생각해본다. 마치 이가 없어지면 문제가 해결되는 것처럼.

식당에서 내온 다음 요리는 첫 번째 요리의 잔해다. 축축하고 부드러웠던 물질은 빠져나가고 껍질도 점점 바싹 마르더니 야외 파티오에스파냐 식 건축물 특유의 안뜰 위의 하늘로 나뭇잎처럼 날려 올라간다. 그러고 나서 마지막 요리가 나온다. 안개에 싸인 듯 도무지 무언지 모호하지만 뭔가 엄청난 슬픔과 동정심이 밀려든다. 나의 모든 공감 기관들이 전력을 다한다. 우리 인종과 계급에 대해 그들에게 미안한 마음이 넘쳐흐른다.

요리를 나르는 웨이터 뒤에 사람들이 더 있다. 커다란 나이프를 들고 나를 가리키더니 나가서 언덕으로 올라가자고 한다. 스프용 스푼도 가져오라고 한다. 순순히 허리를 구부리고 땅을 판다. 사람 모양으로 구덩이를 판다. 아마 허리 높이쯤. 그들이 나를 자르고 접어 넣으려 한다. 나는 어렴풋이 정신이 들어온 채 구덩이로 들어간다.

보안검색기 속의 제재소

알타이 공화국러시아 연방 중남부 맨 아래쪽에 위치한 자치 공화국의 허름한 공항. 내 뒤에 선 남자는 몽골로 돌아가는 길이다. 케이스가 단단한 여행 가방을 보안검색대 위에 올리고 여권을 내민다. 나는 벌써 끝나서 여권을 받았고 보안요원 여자에게 몸수색을 받고 있다.

수십 명의 조그만 남자들이 샘소나이트 여행 가방 안에서 벌목한 통나무를 다듬는 환영…… 가문비나무였던 목재를 다듬고 껍질을 벗기고 차곡차곡 트럭에 실은 다음 가는 밧줄로 묶고 있다. 이 작업이 이뤄지는 길목은, 겹겹의 주머니와 여기저기 지퍼가 달린 옷들로 어지럽지만, 군데군데 표지판으로 구분이 돼 있다. 터널과

도르래가 있고 승강기로는 지친 일꾼을 실어내 가고 새 일꾼들을 실어 온다. 남자들이 헬멧을 벗고 이마를 훔친다. 다시 헬멧을 쓰면서 현미경으로 봐야 알 수 있을 정도로 살짝 피곤한 얼굴을 찡그린다. 위쪽에선 십장이 셔츠 깃을 난간으로 삼아 기대 서서 결재판을 든 부하들에 둘러싸여 바늘만 한 지휘봉으로 지시를 내린다.

보안요원이 쳐다보자 몽골 남자가 웃어 보였다. 서류를 작성하면서 독극물, 과실, 곤충, 연료 등 금지된 물품란에 성의껏 '아니오' 체크를 한다.

바이칼, 얼음 호박

시베리아의 자연

바이칼 호에 걸린 밤 무지개는 마치 천국으로 가는 환한 문 같았다.

그 아래 산들은 정중히 잠자코 서 있는 거인들 같았다.

아무르 호랑이

이곳에도 스텝이나 타이가냉대 침엽수림, 툰드라영구동토층. 여름 2개월 동안 표면만 녹아 습지가 되고 이끼와 초본이 자란다와는 전혀 다른 땅이 존재한다. 러시아 다른 곳에서는 찾아볼 수 없는 몬순계절풍의 영향으로 여름에는 우기가, 겨울에는 건기가 되는 기후 삼림지대로, 중국과 한국과 히말라야 산맥에서도 볼 수 있는 야생생물로 가득하다. 우수리 강 유역러시아 남동쪽 끝 중국 접경지대에는 수풀이 무성히 우거지고, 키 큰 나무들은 덩굴에 감겨 가지가 두꺼워져 작은 동물들에 둥지와 은신처를 제공한다.

갈색곰과 아시아흑곰이 살고 검은담비와 늑대도 있지만 시베리아 특산 호랑이 '아무르'가 이곳의 상징이 되었다. 털은 다른 지역 호랑이와 같은 오렌지색이 아닌 은백색에 가깝고 고양잇과 중에서 제일 크다.

아무르는 나나이(러시아어로 나나이치) 족의 숭배 대상이다. 나나이 족은 멧돼지 사냥 후에 호랑이가 가장 좋아하는 먹이인 암퇘지를 상처 입혀 공물로 남긴다. 호랑이가 굶주리면 가축이나 사람을 잡아먹기 때문이다. '아무르'는 나나이 말로 '노인'을 뜻하는데 남자들은 아들을 안고 이 신성한 피조물을 가르쳐주며 '할아버지, 할아버지' 하고 부른다.

별들의 입김

고옌의 사업 파트너는 시베리아가 처음이었다. 한밤중에 경유지로 지나가려고 내렸다가 이곳의 혹독한 추위에 매혹당하고 말았다. 믿기 힘든 온도에서도 나무들이 엄청나게 자라고, 강의 얼음이 떠내려와 도시의 다리 기둥을 천둥소리로 두드리고 있었다.

아스팔트 위에 멈춰 선 비행기를 뒤로하고, 땅 위로 한 발 한 발 버석버석 내디디며 경이로움을 느꼈다. 영구동토층은 살아 있는 것처럼 탄력이 있었다. 10대 시절 단거리 선수로 고탄력 아스팔트 트랙 위에서 뛸 때처럼 감촉에 힘이 느껴졌다.

숨을 내쉬자 입김이 짝 얼어붙어 잠시 공중에 멈췄

다가 장화 위에 모래처럼 바사삭 부서져 내렸다. '별들의 입김'이라 부른다고 읽은 적이 있다. 몇 번 더 해보는데, 높은 산들이 솟아 있는 뒤쪽에서 웅웅 소리가 점점 커지는 듯했다. 어둠 속에서 남자가 하나 달려오고 있었다. 결국 다른 사람들처럼 따뜻한 터미널 대합실에서 몸을 녹이지는 못했다. 웅웅 소리가 솟아올라 천둥소리처럼 휘몰아치는 듯했다. 해류처럼 밀려와 덮치는 파장이 느껴졌다. 소용돌이의 가장자리로 쓸려 나오고 나서야, 얼어붙은 손에서 손가락 하나를 겨우 들어 올릴 수 있었다. 경탄의 조그만 동강이 하나를 겨우 들어 올릴 수 있었다.

철갑상어

강이 가까운 고아원에서는 카스피 해의 철갑상어를 풍족히 먹을 수 있다. 수세기 동안 왕에게 진상하던 물고기다. 칙령으로 모든 물속의 모든 철갑상어는 차르의 소유였다. 다른 기관이었다면 이런 풍요가 요리사들에게 못된 버릇을 들여놓았을 테지만, 고아원에서는 철갑상어를 결코 다른 물고기와 마찬가지로 취급하지 않았다. 흔한 식재료들과 달리 극진한 사랑을 받았다. 좀 자란 아이들은 살을 얇게 저민 튀김을 먹었고 아기들에겐 잘게 다져서 퓌레로, 혹은 우유를 넣어 스튜로 먹였다.

우리도 철갑상어가 통째로 배달되는 광경을 본 적이 있다. 값비싼 알은 이미 빼낸 상태였다. 작은 붉은색 혹은 반질거리는 검은색 알들은 통째로 떼어내 냉장된 채로, 로스토프와 모스크바의 별 다섯짜리 호텔로 항공 운송된다. 알이 제거된 생선은 강물을, 그리고 자신의 갈색 분비물을 뚝뚝 떨어뜨렸다. 수염 달린 머리들이 매달려 잠자는 박쥐처럼 흔들거렸다.

'멀리 강물 속에는 철갑상어가 잠들고 있었다. 그녀는 자의식은 없었지만 조류의 따뜻함과 차가움과 적당한 온도를 감지했다. 일조 시간이 줄어드는 계절의 변화를 감지할 수 있었다. 부유물이 떠오르고 개흙이 흘러내리는 것을 느꼈다.

몸을 구부려 둥글게 몇 번 돌더니 우로보로스'끝이 없는 자'를 뜻하는 그리스어. 즉 무한을 뜻하는 고대의 상징처럼 주둥이가 꼬리를 잡았다. 수염을 따뜻해진 진흙 속에 파묻었다. 그 심오한 마술 같은 물질이 하루 종일 태양을 담고 있었다. 덩굴손 모양 더듬이가 물결을 따라 너울거렸고 잠에 빠져들면서도 눈은 뜬 채였다. 빠르고 차가운 조류에 비늘이 일어나서 파닥이더니 다시 누웠다. 수염과 더듬이는 커다랗고 둥근 눈의 도움을 받아야 제대로 기능

할 수 있지만, 바닥에 붙어 지느러미를 사납게 휘저으며 다니니, 검은 연기를 뿜는 거대 괴수처럼 앞이 뿌옇다.

그녀가 잠들었다. 물살도 그녀를 바위에서 떼어낼 수 없었다. 그물을 들고 고무장화를 신은 사람들이 철벅철벅 다가오는 소리를 듣지 못하고 말았다.'

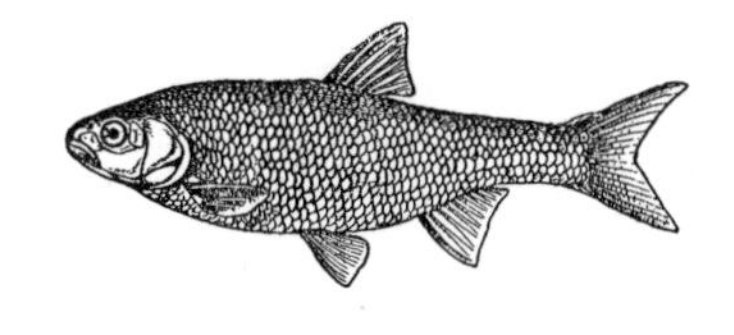

양극의 기온

다시 한 번 구름 한 점 없이 쨍한 푸른 하늘. 그런데 이번에는 이 북방의 땅에 대한 사랑을 깊이 감춰두고 있던 태양으로 가득 차 있다. 폭발 직전의 가스통을 숨긴 나무 덤불처럼, 메마르고 누런 타이가 숲이 불쏘시개가 되어버릴 듯하다.

동트기 전, 비행기에서 내려 환승 버스로 버석버석 걸어갈 때는 바람이 거세게 불어와 목소리와 발자국을 멀리 실어갔더랬다.

지금 쿠즈바스의 오후는 북 캘리포니아만큼이나 온화한 날씨다. 창턱에 남아 있던 얼음이 녹기 시작했다. 호텔 주차장이 웅성웅성했다. 벌목꾼 일용직으로 뽑히지 못한 사람들이 모여 있었다. 반 리터들이 보드카 병을 따면서 눈을 찡그리고 하늘을 쳐다보았다. 3시가 되자 너무 더워서 잘 수가 없을 지경이다. 아내는 차로 네 시간 떨어진 고아원에 가기 전에 포대기와 어깨끈을 챙기고 있다.

극단에서 극단으로. 별 하나 없는 어둠에서 오렌지빛 태양으로, 마침내 갓난아기 손의 핑크빛으로.

새들의 사원

처음에는 그저 짹, 하는 단발성 목울음이다. 단출한 음표 두어 개로 노래하는 지지배배 지저귐이 말동무를 만나지 못한다. 온전한 모습을 갖추기 전에 우선 둥실 띄워보는 거다. 이 시작 부분에는 대자연이나 신이나 그 어떤 존재의 손길도, 설계도 아직 개입되어 있지 않다. 이런 소리는 인간의 귀에는 잘 들리지 않는다. 소리는 그 자체로만 존재한다. 자족 상태의 영혼은 아직 존재의 땅에 내려오지 않았다.

여기에 여름의 단골손님, 제비들이 온다. 제비들에게서 처음 흘러나오기 시작한다. 지구 위로 내려온 신성한 존재가 가시적 존재가 되는, 변화무쌍한 누출의 순간. 제비들의 울음소리는 종이 위 모눈 칸처럼 단조로워 보이지만, 또랑또랑하고 완벽한 외모만큼이나 제 존재를 오롯이 드러낸다. 고대 동굴 속 여성들의 노래 같은 지저귐이 시작된다. 벌새들의 허밍 소리 같은, 무녀의 공수 소리 같은 나지막한 연주가 시작된다. 마치 바람의 색조가 변화하는 것처럼 대기 중으로 은은하게 스며든다. 새벽이나 황혼 녘에는 목소리들이 더 높다랗게, 하루의 변화를 충동질한다. 이보다 낮은 음이라야 인간이 들을 수 있는 가장 높은 음이다. 바싹 마른 땅에 비가 필요하듯이, 나뭇잎들은 그 소리에 맞춰 자라나고 파닥거린다.

그러고 나면 테너 가수들 차례다. 개똥지빠귀와 찌르레기의 목관악기 소리다. 메아리를 만들어내고 높이 솟았다가 다시 뚝 떨어지며, 파도처럼 그칠 줄 모른다. 나무와 공기가 서로를 불어 소리를 낸다. 늘어진 가지에서 날개와 다리를 파닥이며 그 출렁임을 따라 음계 역시 오르고 내린다. 켜켜이 쌓고 끌어모으고 펑펑히 고르고 버둥거리기도 하면서 점점 세차게 올라가는 소리, 커다란 노랫소리다. 그러면서도 미풍을 타고 제자리를 찾아가 서로서로 완벽하게 어울린다.

마지막으로 깊숙하고 남성적인 사운드의 베이스 주자들이 있다. 가죽을 진동시키는 팀파니, 바다 밑바닥에서 등불을 달고 다니는 물고기 같은 새들이다. 칠면조, 뇌조, 메추라기 들의 목소리는 주머니처럼 늘어진 피부를 들먹이다 불쑥 튀어나온다. 이 새들의 올챙이배 혹은 덜렁이는 앞치마는 손풍금처럼 부풀다가 늘어져 있다. 영혼이 그 속으로, 지상으로 돌아온다. 이 새들은 다시 날아오르지 못할 것이다. 여기가 그들의 집이니까. 떠날 이유가 뭐 있을까?

여름 벌레

시베리아의 여름 벌레는 소름 끼친다. 모기는 벌새만큼이나 크고 호박벌은 벌통 사이를 참새 떼처럼 날아다닌다. 벌레들은 오비 강의 여울목에서 허물을 벗고 불량 과자 같은 색색의 점액질 거품을 부글부글 뒤집어쓰면서, 예이츠가 즐겨 읊던 야수들처럼 태어나고 알을 까고 죽는다.

지프를 타고 오비 강 방죽을 따라가다가 장수말벌이 날아 들어와 뺨을 쏘고 죽으면 독침을 빼낼 도리가 없다. 차 안이고 얼굴이고 피범벅이 되어 손수건을 찾기 바쁘다. 자동차 전조등과 그릴은 올리브처럼 까맣고 미끈거리는 큼직한 눈, 날개, 더듬이 들로 뒤범벅이 된다.

하지만 성경에 나오는 메뚜기 떼처럼 다른 관점에서 볼 수도 있다. 유형자나 길 잃은 여행자는 이 피조물들을 곤죽 내어 마시고 먹고 했으니 말이다. 벌레들은 무겁고 느려서 손으로 쉽게 잡을 수 있다. 썩은 나무둥치에서 기어 나오든, 주변을 붕붕거리든, 한 번에 몇 센티미터 못 움직인다. 잡으려는 사람을 가만히 쳐다보는 듯도 하다.

하스바스 족에 전해오는, 일종의 '나쁜 계모 전설'이 있다. 남편이 눈 맞은 여자와 달아나면서 아기를 훔쳤는데 털북숭이 산누에나방처럼 생겼더란다. 날개는 초록 담요처럼 아기 어깨 위에 접혀 있다가, 가문비나무 껍질이나 솔방울 씨, 단풍나무 수액을 찾아 산들바람을 타고 타이가 숲 위를 날아갈 때는 활짝 펴졌다. 그러고 나서 새엄마가 아기 방을 보면 초록 털, 초록 비늘, 초록 깃털 같은 부스러기 들이 어른어른 흩어져 있었다. 나중에 아기는 천사 같은 소녀로 자라 유연한 곡예사가 된다. 그녀가 줄타기를 하며 팔다리를 쭉쭉 펼 때 언뜻 초록의 흔적이 남아 보이는 듯도 했단다.

수확의 들판

톨스토이 『유년 시절』의 한 구절.

"들판에서 농부들이 곡식 다발을 묶는다. 길고 풍성히 자란 호밀밭 여기저기 낫이 지나간 자리마다 아낙들이 허리를 구부리고 있다. 호밀 대를 휘어잡을 때마다 이삭이 흔들린다. 아낙 하나는 그늘에서 아기를 돌보고 있다. 밀짚이 흩어진 그루터기들 사이로 수레국화가 점점이 피었다. 다른 저쪽에선 겉옷은 걸치지 않고 셔츠만 입은 농부들이 수레에 곡식 다발을 싣느라 메마른 들판에 먼지를 일으키고 있다.

마을 노인은 장화를 신고 겉옷은 어깨에 걸치고 지팡이를 들고서 멀리 있는 아이 아빠를 보다가 양모 중

절모를 벗는다. 이내 생강빛 머리와 수염을 수건으로 훔치더니 아이 엄마에게 뭐라고 외친다.

말발굽 사이로, 꼬리가 낫 모양으로 팽팽히 휜 보르조이러시아 사냥개 두 마리가 호밀 그루터기를 피해 우아하게 뛰어다녔다. 밀카는 언제나 고개를 숙이고 냄새를 맡으며 앞장서는 녀석이다. 농부들이 떠드는 소리, 말들이 달가닥거리는 소리, 수레가 덜컥거리는 소리, 메추라기 지저귀는 소리, 벌레들이 공중에 떼 지어 나는 윙윙 소리, 다북쑥 향기, 밀짚과 말의 땀 냄새, 그리고 불타는 태양은 천변만화하는 빛과 그림자로, 옅은 노란색 그루터기와 저기 멀리 짙은 푸른 숲과 라일락빛 구름, 공중에 흩날리는 흰 거미줄에 흘러넘친다. 이 모든 것들을 나는 보고 듣고 또 느꼈다."

바이칼, 얼음 호박琥珀

고아원 도시를 벗어나 동쪽으로, 바이칼 호수로, 세계 민물의 6분의 1을 보유한 깊고 깊은 호수로 향한다. 전망 창처럼 또렷이 들여다보이는 층층의 얼음 아래 지역 특산 생물들이 자다 깨다 하며 천천히 떠다니거나 먹이와 신선한 공기를 찾아 굴에서 나오며, 박쥐처럼 텔레파시로 위치를 기억해둔다.

호수에 사는 어부들에게는 '오물'이라는 꽁치 모양의 물고기가 진정한 호구지책이다. '오물'들은 강 상류에서 산란하고 바이칼이 얼기 직전인 11월에 돌아온다. 이곳 철갑상어는 200킬로그램이 넘게 나가고 배 속에는 10킬로그램이나 되는 알(캐비아)이 들어 있다. 바이칼 철갑상어는 낚시꾼들의 진정한 싸움 상대로, 강 삼각주 지역에서 잡히는 놈들, 즉 10대들이 얕은 곳으로 몰아 수초 뿌리와 장화 사이에 걸려 꼼짝 못하게 만든 다음 잡는 철갑상어들과는 다르다.

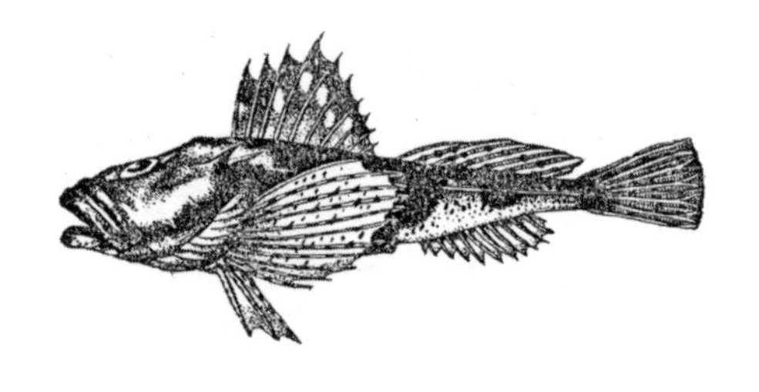

하지만 무엇보다 바이칼은 더욱 진기한 생물들로 알려져 있다. 이 호수에만 사는 생물이 수백 종에 이른다. 마치 아마존 정글의 차가운 물 버전인 듯하다. '얼음 창문'으로 보고 있으면 '상상 동물 사전'을 한 장 한 장 넘기는 것만 같다. '바이칼의 말'이라 불리는 거대한 새우 비슷한 갑각류도 보이는데, 집게발로 둥근 돌 두 개를 꽉 움켜잡고 있다. 이들이 여름에는 호숫가 방죽 위까지 밀려 올라와, 수많은 종류의 육지 새들 사이를 누비는,

세상 다른 어떤 곳에서도 볼 수 없는 풍경을 연출한다. 하지만 보통 '바이칼의 말'들은 위험하지 않다. 여기 여름은 짧으니까. 이곳은 자족의 천국, 완성된 낙원이다. 에덴, 어쨌든 냉각된 에덴동산이다.

호수 속으로 1~2킬로미터 내려가면 빛이 거의 닿지 않는 깊은 물 속에 작고 눈이 붉은 새우들이 산다. '바이칼의 말' 수십 분의 1 크기로, 다시 1킬로미터 아래로 비탈져 내려가는 물속의 험준한 산맥 위를 빼곡히 헤치고 다닌다. 깊고 깊은 그림자가 더해져 물빛은 청록색이지만 깨끗한 물이다. 물을 탁하게 만드는 원형질을 먹어치우는 미세한 '게'들 덕분이다. 조류, 플랑크톤, 민물 갈조 등은 이 탐식가들이 특히 좋아하는 먹이다.

호수는 판 모양으로 움직이는 지구의 지각 표층 가운데서도 단층선에 위치해 있다. 저 옛날 '플라이스토세'와 '3기' 때부터 지진이 발생했고 19세기 중반에는 둑을 넘어 해일이 일어나 1300여 명의 어부와 마을 사람들이 죽었다. 부랴트시베리아 동남부에 위치한 러시아 연방 자치 공화국 사람들은 젊은 오물잡이 어부들의 배를 잇달아 침몰시키는 바람의 울부짖음을 무차별 희생을 요구하는 악령이라고 생각했다.(침몰된 배는 파편조차 발견되지 않았고 시신도 찾을 수 없었다.) 예벤크시베리아의 퉁구스 일족 무당들은 해일이 일으킨 어마어마한 파도를 디안다(바다 신)의 왕좌라고 생각했다. 또한 디안다는 산꼭대기에서 생명의 나무를 뽑아 다듬어서 원하는 인간을 만들어냈고 그것이 원주민의 기원이 되었다고 한다.

가을에는 뒤엉킨 열매 덤불들이 호수 주변 산기슭을 따라 타오르고 나뭇잎들이 변화무쌍한 빛으로 물들어 살얼음 위에 떨어져 쌓인다. 수중익선水中翼船에 승선해서 보면 호수 가장자리는 밝은 색 페인트를 덕지덕지 칠하거나 바람이 투명 젤리를 이리저리 흩뿌렸다 다시 모아놓은 것처럼 보인다. 얼음이 얼기 직전 물속으로 떨어진 나뭇잎들이 둥둥 뜬 채 남아 있는 것이다. 지구 속신의 보물창고에서 솟아 올라온 천사들, 계절의 페이지에 달린 구슬 장식들이다.

수중익선에서 내려다보면, 민물 물범들이 투명한 보금자리에서 뒹굴며 잠자는 모습이 보인다. 지구상에 남은 유일한 민물 물범이다. 이들의 외투는 말가죽 같은 검은색과 회색의 얼룩, 혹은 젖소들 같은 흰색과 갈색의 점박, 혹은 빛바랜 군청색이다. 부랴트, 예벤크 족이 '디안다의 신성한 동물'이라 부르는 이 네르파(물범)들은 좀처럼 호숫가에 자취를 남기거나 은신처를 드러내지 않는다. 늦은 봄이 되어야 바위 위에 모여 북적이기 시작한다. 이들은 바이칼의 꺼질 듯 연약한 빛 속에 살며 이 신성한 빛은 죽음 후에도 계속된다. 물범의 죽은 육신이 태양 아래서 폭발하면, 기름은 모아 무당의 집에서 등불을 켜는 데 쓴다.

떨어지는 폭포, 솟아오르는 나무

오비 강에서 벌목꾼들이 목재를 묶어 뗏목을 만든다. 마크 트웨인 책에 나오는 그림 같은 풍경이다. 뗏목 위에 가림막을 세워 조종실을 만들고 나무상자에 걸터앉아 돈 타바코담배 상표를 채운 파이프를 피운다. 벌목꾼들은 몇 시간이고 지류를 따라 흘러가면서 폭포들을 바라보며, 물보라 줄기가 가늘게 아로새겨져 흐르는 절벽의 마력에 홀려 있다.

한나절을 이렇게 보내고 강가 숲으로 시선을 옮기면 나무가 솟아오르는 것처럼 보인다. 노보시비르스크 시의 의사들이 이 '폭포 환영'에 대한 연구를 내놓았다. '상향 운동의 환영'은 뉴런의 두 말단 사이 경쟁에서 상향

담당 말단이, 약해진 하향 담당 말단보다 우세해지면서 나타난다. 하향 운동에 반응하는 뇌세포가 오랜 자극으로 무뎌진 반면 상향 운동에 반응하는 세포는 그만큼의 자극을 받지 않았으므로, 즉 '피곤해지지' 않았으므로, 후자가 이긴다는 것이다.

원주민들은 나무들이 솟아오르는 것처럼 보이는 현상을 무당의 환상, 즉 '숲 신기루'와 비슷한 거라고 생각했다. 악마의 버섯을 먹었기 때문에, 극장의 막이 올라가고 로켓이 허공으로 쏘아 올려지듯, 눈앞의 세상이 획 사라지는 거라고 했다.

비버의 끈기

톰 강서시베리아, 오비 강의 지류의 비버들은 갉고 또 갉아댄다. 비버는 이빨이 발이나 코보다 더 크고, 코끼리의 상아 빛깔로 곤두서 있다. 나뭇가지가 잘리면 이빨로 물고 가져가는데, 「맥베스」에 나오는 숲처럼 숲이 움직이지 않는 한 패하지 않는다'는 예언을 듣고 기고만장했던 맥베스를, 적군은 나뭇가지를 들어 숲으로 위장하고 공격해 온다 나뭇가지 덤불들이 제 발로 걸어 다니는 듯한 풍경이 연출된다. 질퍽한 둑은 소리 없이 움직이는 풍성한 덤불 다발로 가득하다.

물가에 닿으면 비버는 눈만 빼꼼히 내놓는데, 또랑또랑한 까만 동자가 잠깐 보이는가 싶더니 짐을 밀고 헤엄치고 하느라 다시 사라진다. 갈퀴 달린 발로 젓는가 싶더니 산들바람이 그치자 둥둥 떠서 다시 눈을 깜박 깜박한다.

둑이 만들어진 양쪽 산비탈의 나무들은 잔가지와 이파리, 맺혀 있던 꽃망울까지 깡그리 벗겨졌다. 발톱 자국과 나뭇가지가 꺾인 흔적은 기울어가는 석양 속에 자줏빛으로 빛난다.

비버는 다시 나타나지 않는다. 이젠 흙·돌·나무로 지어놓은 보금자리 안에서 살면 되니까. 한두 번 흙더미가 꿈틀거릴 뿐이다. 다시 비버들이 둑 쌓기에 게걸스레 몰두하게 되기 전까지는 드나드는 통로조차 눈에 띄지 않게 마련이다. 물가에는 물속으로 들어가는 한 줄기 자국만 남아, 보이지 않는 나이프처럼 수면을 흔적 없이 가르고 있다.

허공의 합창

고옌이 처음 그 소리를 들은 곳은 아바칸시베리아 중남부에 있는 러시아 연방 카카시아 공화국 수도에 있는 호텔이었다. 옷을 입고 침대에 벌렁 누워 천장을 바라보는데 희미한 합창 소리 같은 것이 들렸다. 호텔 주인이 이게 바로 그거라고 알려주었다.

핀 대가리만 한 크기, 입이 거의 다인 얼굴. 우렁우렁 노래하는 전기 콘센트 같은 수많은 미세한 구멍들이었다. 현미경으로 관찰했던 사람이 이가 둥그스름하더라고 했다. 박테리아라도 잡아먹고 사나 보다. 고옌은 그 목소리들이 공중으로 수직 상승하는 모습이 눈앞에 떠올랐다. 아주 맑고 흐트러짐 없는 소리, 무시무시한 찬

송을 목청껏 내지르는 것 같았다.

하지만 일어나서 욕실로 걸어가자 마루에서는 자신의 발소리만 높이 울렸다. 복도에 멈춰 서서 다시 그 웅웅거리는 소리가 들려오기를 기다려보았다. 다른 곳으로 갈까 생각도 해보았다. 일단 변기 물소리가 조용해지기를 기다렸다.

곰의 습격

곰은 일곱 마리고 사람은 넷이었으니 상대가 안 됐다. 울란우데부랴트의 수도의 불교도 마을 사람들은 20세기 초 몽골의 울란바토르에서 북쪽으로 볼셰비키 혁명을 피해 올라왔다. 그러니 총칼류를 좋아하지 않았다. 집 안에 무기라고는 의례용으로 벽에 걸어둔 창 비슷한 것뿐이었다.

굶주린 곰들이 며칠씩이나 근처를 어슬렁거리다가 한낮에 식사하던 가족을 덮쳤다. 아버지가 의자를 집어 들고 먼저 습격한 곰에게 맞서는 동안 어머니와 아이들은 식탁 아래 숨었다. 곰이 휘두른 앞발 한 방에 아버지의 척추뼈가 부러졌다. 쓰러진 아버지를 나머지 곰들이 순식간에 에워싸고 찢어발겨 먹기 시작했다. 그때 어머니와 아이들의 냄새를 맡은 대장 곰이 식탁을 뒤집었다. 곰들이 남편을 먹어치우는 것을 본 아내는 기절했다가 정신을 차렸는데, 곰 한 마리가 자기 밑에 깔린 아이를 끌어내고 있었다. 아이들이 하나하나 곰에게 당하고 나자 어머니도 모든 것을 포기해버렸다. 뼈가 무른 어린 생명들은 말 그대로 통째로 삼켜졌다.

구조대원들은 기자에게 "새처럼 통째로"라는 표현을 썼다. 집터에는 피와 가구 잔해가 널려 있었다. 기자는 떨어져 있던 옷 조각을 하나 집어 눈앞에 들어올려 보았다.

만화경, 살아 있는 세계

어느 의사가 자신을 둘러싼 하얀색이 지겨워졌다.

의사는 병원 창문을 통해, 담장 위로 날리던 잔설이 목이 긴 전나무 주위로 풀 먹인 깃처럼 내려앉는 풍경을 보았다. 바람에 눈이 흩날리며 매번 다른 무늬를 만들었다. 판판하게 쌓여 반짝이다가, 가벼운 바람이 방향만 바꿔도 더미가 만들어졌다가, 구덩이가 파였다. 대부분은 쓸려 모여 야트막한 둔덕을 이뤘다. 어린 시절 먹던 여름날 아이스크림처럼 순수해 보인다. 어떤 것들은 섬뜩했다. 앞쪽으로 와르르 무너져 내리는 푹 파인 얼굴들, 그 아래 덮인 초목이 뾰족한 코와 눈썹을 이루어, 영하 20도의 이스터 섬남태평양의 화산섬. 얼굴 큰 거인상이 유명하다 석

상들 같았다.

하지만 이 모든 것이 다 하얗다. 새로 풀 먹인 병원 가운처럼 하얗다. 그것이 의사를 숨 막히게 했다. 어떤 변화도 그 끔찍한 동일성에 상처를 주지 못했다. 그는 때로 닻줄에서 풀려난 것 같은 기분을 느꼈다. 야쿠트 시베리아 중북부와 동부의 튀르크 계 부족 무당이 이런 상태를 겪는 걸까 하고 상상해본다. 시간의 경과를 제외하고는 어떤 측량 수단도 없이 5일 동안 순백의 세계를 통과해가는 기분, 5일이면 50킬로미터겠구나, 10일이면 100킬로미터겠구나…….

한 아이가 진료실에 만화경을 놓고 갔다. 의사는 그걸 가운 주머니에 넣고 나왔다. 창가에 앉아서 들여다보니, 아직 돌리지도 않았는데 만화경은 이미 화려한 무늬를 만들고 있었다. 흩어진 여름 빛깔의 조각들이 감각을 일깨워주었다. 조각들이 층층이 쌓여 새로운 조합을 만들어낸다. 화가의 작업실 바닥에 떨어져 굳은 물감 방울들처럼.

의사는 통을 돌렸다. 별, 꽃, 나침반, 은빛 거미줄……

조각들은 마치 작은 기계들처럼 무엇을 만들면서 아무 것도 만들지 않으면서 이리저리 미끄러졌다. 만화경 발명가는 분명 '단단한 만다라', 즉 어느 원주민 종교(그리고 힌두교와 불교)에서 말하는 '지구의 핵'에 대해 알고 있었나 보다. 원래 산스크리트어 '만달람'은 원, 혹은 바깥 둘레를 뜻하는 말이다. 그 면은 전체가 고르게 오묘한 색을 입었고, 가운데와 가장자리에서 에너지가 방전되다가 에너지가 흡수되다가 하며, 원주가 유지된다.

만화경 통은 돌리면 쉭 소리를 냈다. 소라 껍데기에서 들리는 바닷소리와 다르지 않았다. 그는 결국 살아 있는 색채를 소유하게 되었고, 결핍과 망각의 백골 빛깔에서 빠져나왔다.

의사는 만화경 속 모양들이 미지의 섬의 식물 생태계라도 되듯, 이에 대한 목록을 만들기 시작했다. 남태평양에서 조난당한 네덜란드 선원 이야기가 생각났다. 미지의 생태계에 대해 나름의 분류 체계를 세우고 눈이 짐짐해질 때까지 도표를 만들었다고 했다. 의사가 오랫동안 바라보던 하얀 적설은 선원이 사투를 벌였던 밤바다의 암흑과 같은 것이었다.

눈을 감자, 색색의 무늬들이 보였다. 허공으로 잉크가 확 퍼지는 것처럼 순식간에 떠올랐다. 이 무늬들이 의사의 종교가, 믿음이, 규칙적이고 중요한 일상의 의례가 되었다. 비참한 중세 농노들이 성당의 색유리를 보면서 무엇을 느꼈는지 알 것 같았다. 그것은 신비와 평화를 담고 영원히 타오르는 신의 불꽃이었다.

시력을 잃어버리고 백사장에 누워 있던 선원이 그를 발견한 사람들에게 말했다.

"여기는 암흑 속에서도 모든 것이 살아 있어요."

폭풍 뒤 유골

그 사하트시베리아 북동부 튀르크 계 부족 가족은 짐마차에서 내려 유르트몽골 등지 유목민의 천막집 안으로 들어가지 못했다. 1888년 폭풍 때였다. 늪지로 변한 당시의 현장에서 3년이 지나도록 유골이 계속 발굴됐다.

바람에 눈가리개가 벗겨지자 폭풍을 가르며 달리던 몽골 수말들이 쓰러져 마차가 뒤집혔다. 바람이 아이들 머리 위 10미터 높이로 토사를 쓸어 올리자, 겨우 50여 보 앞서 도망쳐 가던 아버지가 몸을 되돌려 뛰었지만 역부족이었다. 어머니는 입구에 서서 아이들을 부르며 발을 내딛던 참이었다. 어머니는 실낱같은 희망으로, 토사가 비껴 지나가 아이들을 구할 수 있을 줄 알았다. 아니면 벌레가 뒤집히는 것처럼, 조금 허우적거리다 말 줄 알았다.

어머니는 차가운 토사에 목까지 묻힌 채 발견되었다. 혀는 얼어서 금속 이빨에 들러붙었다. 머리 주변은 자갈과 잡목에 둘러싸였고, 머리카락은 얼어붙은 엉겅퀴 덤불처럼 갈가리 떨어져나갔다.

위대한 날짐승들

'위대한 날짐승들'이 언제 오는지는 분명하지 않았다. 계절이 바뀌고 숲이 새로운 색깔 헝겊을 입을 때, 변덕스러운 기상 상태로 산이 희한하게 물드는 풍경을 사람들이 알아챌 때쯤이었다. 들새들이 쉬면서 머리를 깃 속에 파묻으면 지나가던 사람들은 나뭇잎이 나풀거리며 움직이는 거라고 여겼다. 새들의 부리와 발은, 가을을 맞아 두터워지는 나무껍질과 수액 덩어리와 다람쥐굴 주위를 악의 없는 덩굴처럼 꽉 감싸 잡았다. 화려한 깃털을 단 수많은 서로 다른 몸통들이 한데 뭉쳐 모였다. 지중해 같은 지역에서는 이렇게 알록달록 북적이는 모습은 보기 힘들 것이다.

첫 번째 울음소리는 자정부터 새벽까지 몇 시간 사이, 화성이 새로 뜨고 지며 남서쪽 하늘로 이울던 몇 주간 들려왔다. 길고 깊게 우는 '위대한 날짐승들'은 어쩌다 울음소리가 높이 올라갈 땐 얼빠진 놈들 같아 보이기도 했지만, 들소의 구슬픈 울음소리처럼 들리기도 했다.

깨달음의 시간은 갑자기 찾아왔다. 크림우크라이나 남부에 있는 반도의 다도해에서 오데사 만까지 이르는 위도를 돌아왔다. 긴 모가지들이 뱀처럼 천천히 일어났다. 깜빡이는 눈꺼풀은 먼지와 지푸라기로 덮여 있었다. 길 건너 술도가들이 있는 쪽에서 거대하고 눈처럼 하얀 깃털들이 곤두서고 오렌지색 긴 다리들이 최신 기계 장비처럼 일어나는 것을 보자, 나룻배를 젓던 튀르크 사람은 전날 밤 술을 너무 많이 마셨나 보다 하고 생각했다.

날짐승들 무리가 타간로크, 히주, 세바스토폴, 다우의 작은 항구들 위로 모이기 시작했다. 그들의 임무가 시작되었다. 결코 소박하지 않은 그들의 임무는 이 지역에서 모든 어둠을 걷어내는 것이다. 겹겹이 쌓여왔던 빛의 오랜 부재가 그들 발톱에 걸려들어 올려졌다. 지나가던 구름 밑에서도 끄집어내고, 건설 자본의 비만한 몸통 뒤에서도 끄집어내고, 요람 구실을 해오던 울창한 숲에서도 끄집어냈다.

사람들이 어둠을 방수포처럼 들어 운반해가는 새떼를 보러 모였다. 사람들은 인정했다. 깃털들이 공중에서 사라지고 난 뒤, 태양은 다시 한 번 반짝이는 장신구를 늘어뜨렸고 바람이 닿지 않던 그늘의 물도 소다수처럼 보글거렸다.

아침 산책

언제나처럼 구름 한 점 없는 산간벽지의 보랏빛 하늘. 우랄 산맥부터 몽골 국경까지의 창공은, 불타오르는 무無를 길고 깨끗하게 베어낸 한 조각 같다.

산책 길 주변엔 까슬한 연 녹색 라즈베리 줄기가 잡초와 엉켜 덤불을 이루고 있다. 쐐기풀은 긴 꽃대를 삐죽이 내밀고, 잎이 통통한 우엉은 여명의 빛을 닮은 푸르고 붉은 꽃망울이 벌어졌다.

텅 빈 공간에 민들레 홀씨가 흩어지듯 모두가 녹색으로 만개했다. 제각기 새로운 생명들이 자라나 낡은 것들을 밀쳐내고 축축한 검은 퇴비 속에 파묻는다. 모든 성장은 죽음에서 양분을 취한다.

도로는 한산하지만, 저기 수평선 가까이 케메로보시 부근 언덕 위에선 공장 굴뚝이 아직은 고요한 아침하늘 속으로 푹푹 숨을 쉬고 있다.

야생화 풍년

톨스토이의 『하지 무라드』러시아와 캅카스의 전쟁이 벌어지던 19세기 말, 캅카스의 영웅 하지 무라드의 일대기를 그린 작품. 캅카스는 러시아 남서부 끝에서 아르메니아·그루지야·아제르바이잔을 아우르는 지역 도입부에 나오는 들꽃에 대한 묘사.

"붉은색·흰색·분홍색의 향기 나는 클로버, 우유처럼 하얗고 쇠눈처럼 둥근 데이지의 밝은 노란색 중심과 그 유쾌하게 짙은 냄새, 노랗고 꿀 향기 나는 꽃송이, 라일락빛 종을 단 하얀 튤립 모양의 키 큰 캐너필은 덩굴로 둘러싸였다. 희미한 향기의 노란색·붉은색·분홍색 질경이는 꽃망울이 모두 핑크빛 감도는 단정한 자줏빛이다. 갓 피어난 수레국화는 햇빛 아래서는 밝은 하늘빛이지만, 시간이 지나고 저녁이 다가오면 점점 흐릿해졌다가 붉어진다. 그리고 섬세하고 빨리 시드는, 아몬드 향기의 실새삼 꽃이 있다."

집 안으로 들어온 새

어느 평범한 날 저녁 나와 아내는 다른 방인가 한 방에서 조용히 각자 독서를 하고 있었다. 그때 새 한 마리가 들어왔다. 아마 3층 위의 작은 박공 창으로 들어왔나 보다. 쿵, 푸드덕, 탁, 파닥 하는 소리가 들려왔다. 우리는 올려다보았다. 녀석이 지쳤는지 소리가 잠시 잦아들었다. 그러더니 거의 가청 영역을 벗어나는 날카로운 울음, 그리고 유리창과 회칠한 벽에 발톱을 긁는 소리, 깃털 소리와 부딪치는 소리가 뒤섞여 들렸다.

새의 뇌가 얼마나 작은지 알고 있다. 새는 마치 순수하게 심장만으로 만들어진 피조물, 기운이 넘치는 작은 의지의 미사일 같다. 아내가 책을 넘겼다. 아내는 이런 정신없는 상황에서도 독특한 침착함을 발휘할 줄 아는 사람이다.

소리가 다시 커졌다. 저러다 녀석이 죽으려나? 녀석이 있을 만한 곳에 올라가보기로 했다. 내가 들어가면 더 놀라서 날뛰다 다칠 수도 있지만. (예전에 우리 할머니 방 창문으로 박쥐가 날아 들어왔다고 한다. 쉬 하면서 내쫓다가 그 얼굴을 마주쳤는데, 원숭이처럼 짜증나게 생긴 것이 꼭 사탄처럼 보였단다.)

마침내 정적이 흘렀다. 내키지 않아 했지만 아내도 나와 함께 계단을 올랐다. 첫 번째 문을 열었는데 바로 거기였다. 녀석은 이미 나가는 창을 찾았고 깃털만 몇 개 떨어져 있었다. 벽에 뭐가 묻어 있었는데 핏자국은 아니고, 약간 기름 같아 보이는 얼룩이 부딪친 흔적으로 남아 기우는 햇살을 받으며 반들거렸다. 아내와 나는 마주보았다. 그러고 나서 그 작고 춥고 빛이 고르게 드는 네모진 공간을 말없이 바라보았다. 방은 이것이 자유라고 속삭였다.

말라리아 약이 보여준 괴물

우리는 아바칸에 머물면서 알타이 산맥 남쪽, 카자흐스탄 국경 지대로 향할 준비를 하고 있었다. 상상할 수 없을 만큼 아름다운 고장이었지만 적절한 예방책 없이는 질병에 걸릴 위험이 있었다.

미국에서 변형 말라리아 약이 새로 개발되었는데, 약효가 기적 같았다. 부작용은 좀 있었다. 생생하기는 했지만 기특하게도 해는 없는 환각 작용을 일으키거나 정신없는 환각몽을 꾸게 만드는, 즉 마취성 선잠을 유발하는 정도였다. 그런데 나에게 이 약을 처방해준 뉴욕의 의사가 부작용에 대해 얘기해주지 않았던 것이다.

나는 방충망이 쳐진 발코니의 고리버들 침상에 늘어

져, 터키 식 커피처럼 걸쭉하고 진한 크바스호밀빵 등을 발효시킨 2도 이하의 술 한 잔으로 세 번째 알약을 삼키고 있었다.

눈앞에 거대한 야수가 나타나, 창밖의 습한 공기 속을 커다란 연처럼 둥둥 떠다녔다. 나는 야수의 아랫배에 엉킨 두꺼운 갈색 털을 보고 있었는데, 거기서 방부액이 뚝뚝 떨어지는 것 같았다. 머리는 역삼각형이었는데 동물보다는 곤충에 가까웠다. 입은 가면처럼 구멍이 뻥 뚫렸지만, 긴 코에 달린 화려한 뿔이 이글거리는 주황색과 짙은 남색이었다.

야수가 움직이면서 거대한 눈이 보였다. 눈은 둥글둥글하고 빛이 났으며, 반투명한 막이 곰 같은 배까지 뒤덮고 있었다. 그리고 마침내 무슨 원시적인 조악한 기계 같이 생긴 라켓이 야수의 몸을 휙 쳐올렸다.

울란바토르로 내려와서 의사에게 이 얘기를 써 보냈다. 그는 답장에서 '맞다, 정말 그런 왜곡된 형상, 환자가 현실에서 실제 보고 있는 사물들이 괴물같이 변형되어 보이는 경우가 많다'고 했다.

나는 잠든 것이 아니었고 파리는 방충망에 1~2초

가랑 앉았다가 왱 가버렸을 뿐이었는데 말이다. 눈 깜짝할 새였다.

바다의 칼, 빙산

마가단은 커다란 푸른 빙산의 고장이다. 극동북의 진정한, 유일한 배의 묘지. 어떤 빙산들은 길이가 수 킬로미터에 이르기도 하지만, 역류나 해일 탓에 반달 모양 칼이 만들어지면 1~2킬로미터만 돼도 치명적이다. 이런 빙산들 모두 잠수함처럼 수면 아래서 움직이는 조용한 위험물이다.

달의 반사광이 그 거대한 본체를 비추기 전에는 상부 쪽도 보이지 않는다. 달이 없으면 그 시커먼 칼은 배를 사정없이 두 동강 낸다. 우지끈 소리가 나며 대갈못이 철판과 분리돼 튕겨나가고 수백 제곱미터의 금속이 쪼개지며, 백색 폭발 후에 붉은색 폭발이 일어난다. 많은 죄수선이 이런 식으로 침몰했다. 죄수를 실은 해군 경비들은 알고 있었던 게 아닐까.

밤 무지개

밤에도 무지개가 뜬다. 고옌은 밤 비행기에서 창밖을 내다보다가 바이칼 호 가장자리 톱니 사이에 둥글게 걸린 무지개를 보았다. 달이 꽉 차올라 있어야 할 뿐 아니라, 하늘이 유난히 맑고 밝아야 안개 띠에서 색이 반사될 만큼 광량이 확보된다. 비 온 날의 선물이 텅 빈 밤중에도 피어나는 것이다. 고옌은 천상의 축복을, 혹은 지상의 어느 정령에게 선물을 받은 기분이었다.

고옌은 미국 포틀랜드에서도 그 1년 전에 밤 무지개를 보았지만 그때는 아무도 그의 말을 믿어주지 않았다. 게다가 그때 밤 무지개 아래로 펼쳐진 부두는 선박, 바지barge, 더러운 물 등이 그득해 추했다.

바이칼 호에 걸린 밤 무지개는 마치 천국으로 가는 환한 빛의 문 같았다. 그 아래 산들은 정중히 잠자코 서 있는 거인들 같았다.

신성한 광물

우리 딸이 태어난 도시, 야로슬라블에 가게 된 것은 의미심장한 우연이었다. 맨 먼저 구경한 것은 스파소-프레오브라젠스키 대성당이었는데, 소비에트의 극렬한 탄압이라는 인간의 공격뿐 아니라 홍수, 지진, 가을 산불 등 자연의 공격에도 살아남은 곳이다. 체카1917년 10월 혁명 뒤, 국내외 반혁명 분자를 색출하기 위해 창설된 소련 정보기관가 주교들의 머리채를 잡고 밖으로 끌어내 성상으로 때려 실신시키고 성의와 턱수염에 불을 붙였더랬다. 대성당 양옆 건물들은 무신론 박물관으로 개조됐는데, 여섯 채의 돔 지붕은 그대로 두고 매년 황금색을 열심히 덧칠했다. 돔 지붕 위 뾰족탑은 허무주의자들과 믿지 않는

자들, 그리고 유목민을 겨누던 여섯 개의 창끝이었다. 무방비로 태평했던 사람들에게 슬며시 내려와 칼을 들이댔던 것이다.

건물 안의 제단과 성상은 예의 금과 은으로 치장되어 있었다. 그보다 덜 중요한 물그릇 등은 놋쇠와 주석과 구리였다. 분수대는 새하얀 돌로 만들고 주교들의 묘소는 벽에 나무판으로 표시해놓았다.

그런데 여기는 시베리아, 광업의 고장이다. 이곳의 광물들도 멕시코 탁스코 시16세기에 남미에서 처음 은광을 발견하여 스페인으로 은을 수출했다 교회의 은과 마찬가지로 역사의 전면에 등장했다. 쓰레기를 태우는 소형 주석 난로들도 있고, 석고를 두껍게 바른 벽, 현무암 조각상들과 유리 상자 안의 크롬 광석 토막은 자연사 박물관 같은 느낌을 주었다. 이곳의 신은 석재와 광물의 신이었고, 그러한 자재들로 지어진 건축물에는 신성이 깃들어 있는 듯 보였다. 내부는 온통 돌과 금속으로 단장되어, 그동안 다녀본 그 어느 곳에서보다도 발소리가 크게 울렸다. 확성기 안에 에코 장치를 넣은 듯했다. 발목에 종을 달아놓은 듯했다.

이 도시는 운모가 특히 많이 나는 지역이었다. 바스러지지만 광채가 나는 이 석재가 할리우드 대로의 인도를 장식하며 반짝이는 모습을 봐왔다. 부랴트와 예니세이 족이 오래전부터 강에서 바구니로 걸러 채취하다가, 공업화 이후에는 러시아 인들이 갱도와 철로를 건설하고 양동이로 퍼 올렸다. 그 전날 보았던 광산이 떠올랐다. 입구의 버팀목이 부서져 갱도 바닥으로 떨어진 가운데, 아직도 부슬부슬 흙이 흘러내리고 있었다.

사방이 운모투성이었다. 높은 복도 천장에서 난간 위로 떨어진 반투명 박편들을 손으로 쓸어보았다. 그 작은 비늘들은 마치 하늘을 조각낸 듯, 공기와 구름을 부숴 만든 물질인 듯, 손가락을 간질였다. 천장 구멍에서 비쳐드는 빛줄기 속에는 점점이 작은 조각들이 마치 순수한 빛의 입자처럼, 고르게 둥둥 떠 있었다. 재킷 어깨를 털자, 하늘로 돌아가려는 만나고대 이집트에서 탈출한 광야의 이스라엘 사람들이 하늘에서 받은 양식 부스러기처럼 먼지가 풀썩 일었다.

몇 주 후 로스앤젤레스에서, 옷을 벗는데 주머니에서 운모 박편들이 뿜어져 나왔다. 물론 그때는 이미 장소의 신성한 후광은 사라지고, 그냥 반짝거리는 부서진 조각들처럼 보였다.

툰드라의 노부부

시베리아의 사람들

여기 케메로보에는 지금 낙이 없어요.

늘 그렇듯 여기저기 손을 벌리고 달려드는 사람들 사이를 빠져나가야 하고요.

마나님들이 뜯어내서 버린 누렇게 시든 양상추 겉잎을 앞다퉈 줍기도 하고요.

뱀 머리

부랴트 족 신화에는 뱀이 많이 나온다. '뱀 신앙'은 아이들 양육에도 엄청난, 때로는 비극적인 영향을 미쳤는데, 소비에트에서도 손을 못 쓸 정도였다.

부모들은 갓난아이의 머리에 묘한 장치를 해주었다. 아기의 말랑한 두개골 위쪽을 단단하게 묶는 것이다. 머리 모양을 땅을 기어 다니는 뱀처럼 납작한 삼각형으로 만들어주기 위해서다. 부랴트 족은 뱀이 신성하며, 사람의 머리 모양을 뱀과 비슷하게 만들면 두뇌가 뛰어나게 된다고 믿었다. 부모가 그런 생각으로 열심이다 보면 아이들도 활달하고 자신감 있고 창조적이게 될 것도 같다.

실제로 우리가 만난 가이드 하나는 자기도 어렸을

때 부모가 그렇게 해주었더라면 좋았을 거라고 했다. 인생에서 더 앞서 나갈 수 있기 때문이다. 벌목꾼 십장이나 당 간부 같은 것이 될 수도 있었을 텐데……. 얼굴 모양이 화살촉처럼 생겨서 역겨운 기형아란 말을 들어도 상관없단다. 그러면서 박제한 살모사 두개골을 들고 이 손에서 저 손으로 번갈아 놀렸다.

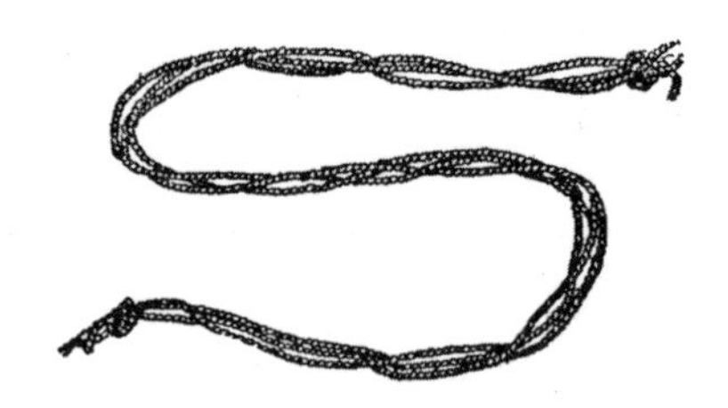

유목민의 후예

고아워 남쪽에 있는 산지는 고르노알타이스크러시아 중남부 맨 아래쪽, 알타이 공화국 수도가 있는 지역로 이어진다. 산지 깊숙이 들어가면 중국, 카자흐스탄, 러시아, 몽골이 모두 접한 국경이 나온다. 오래되고 신비롭고 용맹무쌍한 부족들이 활동하던 무대다. 몇몇 몽골-튀르크 계 부족은 칭기즈칸의 군대를 따라온 반半유목민의 후예다.

알타이 산맥과 사얀 산맥이 시베리아와 중앙아시아 스텝을 남과 북으로 가른다. 그래서인지 여기 사람들은 몽골 인종처럼 생겼는데도 자기들을 코카시언(백인)이라고 부른다. 도시 사회에서는 늘 유럽계 러시아 인들에게 밀린다. 이 알타이 사람들은 아메리카에서 쫓겨난 원주민들과 아주 비슷하게 틈새와 주변부에서 '보존된 삶'을 산다. 수위나 도로 건설 노동자, 요리사, 웨이터 일을 하거나 운이 좋으면 상점 판매원 혹은 외판원으로 일한다.

알타이 사람들은 특징이 뚜렷해 금방 알아볼 수 있다. 황갈색 피부, 그러나 거친 스텝의 바람을 피할 수 있어서 더 희고 부드럽다. 눈은 작고, 찡그리는 듯한 표정이 강렬하게 인상에 남는데 사실은 웃는 것이다.

그리고 아직도, 그 모든 고생에도 불구하고 백인들의 미움을 사고 있다. 어느 야비한 공무원이 내게 말하길, 지금 알타이 사람들이 가지게 된 모든 것을 바로 "우리들", 즉 소비에트가 주었다는 것이다. 그러나 그가 말하는 '교육'이란 생각해보면 그저 공산당사, 유물변증법 1·2·3 같은 것들뿐이다. 알타이 사람들은 언제나 사회복지제도에서 소외되어왔다. 표트르 대제에게 탄압받던 시절과 별다를 게 없었다.

그런데 최근 알타이 사람을 위한 특혜들이 생겨났다. 이 실질적 '역차별'이 내 대화 상대를 화나게 했다. 공무

원은 해바라기씨를 씹다가 손에 껍질을 뱉어냈다. "이제 그놈들은 '선' 안으로 들어온 거라고요. 우리 아이들은 더 잘하거나 여길 떠나서 다른 도시의 학교로 가야 하죠." 공무원은 부서진 도기 조각 같은 해바라기씨 껍질 더미 가운데서 온전한 씨 하나를 건져 올린다. "그놈들이 시내에 술을 마시러 들어와요. 할 말이 없소이다. 주량도 조절하지 못하면서."

공무원의 생각은 분명 틀렸다. 나는 알타이 사람들이 고아원 주방을 이끌어가는 모습을 보았으니 말이다. 그들이 자신들의 일에 쏟는 애정은 더할 나위 없이 컸다. 그들은 늘 못 먹을 정도로 맛없는 죽이나 빵을 끝내주는 향신료로 먹을 만하게 만들었다. 우유에 커민커민의 씨로 만든 향신료이나 꿀을 넣고 고기에는 생강을 넣었다. 뚜껑을 열어보면 찻주전자에는 길고 누런 잎 두 줄기만 들어 있었다.

황족의 후예

시베리아가 유형지였던 까닭에 이곳 사람들 중 다수가 18세기에는 귀족이었다고 한다. 어떤 식으로든 로마노프 황조와 핏줄이 닿아 있다고 주장하는 사람도 많다.

한 지방 공무원이 표트르 대제와 황실 가족이 그려진 주석판을 보여주었다. 색깔이 화려했다. 앉아 있는 사람들의 얼굴 생김과 머리 색을 기이할 정도로 또렷하게 그린, 친절한 만듦새다. 표트르 대제가 물론 끔찍할 정도로 컸는데, 거의 거인 수준이다. 황후는 매부리코에 인상을 쓰고 네바 강상트페테르부르크를 가로질러 흐르는 강 물처럼 피부가 잿빛이다. 신경질적이고 연약하게 생긴 아들(나도 공무원도 이름이 기억나질 않았는데)은 마치 자신의 운명을 예고하는 듯한 모습이었다. 근친결혼의 업보, 해군 기숙학교의 채찍질 교육, 결국은 아버지 손에 죽기까지. 다른 가족들은 바구니 안의 쿠키들같이 누가 누군지 구분이 안 갔다.

황제와 황후의 눈빛에는 예의 그 전설, 뼈와 살 위에 세운 기념물상트페테르부르크 건설을 말함에 대한 무자비한 의욕이 가득하다. 주석판 위를 스치는 방문객의 손길이 이렇게 말하는 듯하다. 잔인한 짓을 하지 않고서는 위대해질 수 없는 걸까.

로마노프 황조의 운명

황족도 시베리아에 온 적이 있다. 19세기 중반 바쿠닌이 시베리아로 유형을 떠나왔을 때 그의 부인이었던 황녀가 따라왔다. '자연의 환영 인사'에 기절초풍했던 그녀는 유형지 감옥과 병원 개혁의 전도사가 되었다. 의사들도 데려왔는데(그중에는 원래 의사였던 작가 체호프도 있었다) 사할린 같은 극동 지역에까지 데려갔다. 그녀는 후에 이때의 체험을 책으로 썼다. 러시아 격변기에 공포정치 중심부에서 벌어지던 일들에 비하면 차라리 이렇게 유형을 오는 편이 나았다. 유형지는 그래도 견딜 만한 곳이었다.

반세기 후 로마노프 황조는 유형 생활만도 못한 운명

을 맞았는데 당시에는 진짜 황녀들도 많이, 많이 있었다. 예카테린부르크 시의 지하실에 황족을 모아놓고 찍은 것으로 추정되는 사진이 있다.

볼셰비키의 기병 부대가 장총을 들고 그 건물 밖에 서 있다. 궁지에 몰려 하릴없는 니콜라이 황제가 신경질적으로 아이들을 단속하는데, 하사관의 명령에 따라 병장이 들어와서 전날 러시아 의회가 쓴 볼셰비키 '선고'를 읽는다.

'죽음'이라는 말을 듣는 순간 니콜라이는 "안 돼" 하며 손을 올리지만, 방 안 건너편 사열된 총들이 '조준'으로 화답할 뿐이다. 사격은 20분 동안이나 계속됐다. 탄환이 사방으로 튀고 아이들의 진주 단추와 소녀들이 숨겨두었던 보석들이 날아다녔다. 마침내, 아직도 쓰러져 신음하거나 움직이던 이들의 두개골에서 뼛조각들이 튀어 올랐다.

로마노프 황조의 그 모든 혐오와 회피, 모든 무기력과 아름다움이 여기서 끝났다. 병사와 운전사들이 시신들을 짐차에 쌓아 멀리 실어 갔다. 구덩이에 던지고 가솔린을 붓고 태웠다. 사진사는 사진기 밑에 감춰둔 권총을 꺼냈지만 쏘지 못했다.

카자크, 자유 전사

러시아 인들의 가슴에서 지칠 줄 모르고 발산되어 나오는 열정은 호된 시련을 겪으며 분산되었다. 예전의 도시와 봉토들은 결투와 거래로 사라지고, 몽골과 오스만튀르크 등 이교도 침략자들의 일상적인 위협, 반목, 전쟁 등과 같은 약탈과 이주 활동이 그 빈자리를 대신 차지해버렸다. 그러나 러시아 인들의 굳센 저항은 동쪽에서 무자비하게 밀려오던 유목민들에게서 유럽을 구했다.

폴란드 왕이 그다지 강하지도 않았고 멀리 떨어져 있긴 했지만, 러시아의 잡다한 봉건영주들을 대신해서 광대한 영토의 공식 통치자가 되었던 때가 있었다. 폴란드의 왕들은 호전적이고 자유로이 떠도는 카자크중세 이후 러시아 중앙부에서 남방 변경지대로 이주하여 자치적인 군사공동체를 이룬 농민집단 족이 살고 있는 평원을 휘하에 두는 것이 어떤 이득이 되는지 일찍부터 잘 알고 있었다. 당연히 이 종족이 야성적인 생활 방식을 유지하도록 장려해왔다.

원거리 통치 아래서 카자크들은 스스로 족장을 뽑고 군사적 효율성에 맞게 땅을 분할하여 관리했다. 확실한 정규군은 없었지만 전쟁이나 반란이 일어나면, 남자들이 각각 완전군장을 하고 말을 타고 모여 신고하고 왕의 금화를 받았다. 일주일이면 군대가 모였다. 위급 상황이 종료되면 군대는 다시 자기들 고장으로 돌아가 장사를 하고 맥주를 만들었다. 말하자면 '자유 전사'인 셈이다.

"우리는 대초원 전역에 흩어져 있다. 조그만 언덕이라도 있는 곳이면 어김없이 카자크가 있다."

라스푸틴의 시대

'흘리스티'는 러시아 중서부에서 성인聖人을 뜻하는 말이었다. 흘리스티 교파 수도자는 육체의 고행이 영혼을 변모시킨다고 생각하고 헌신적으로 고행을 실천했다. 스텝의 늪지에 몇 시간씩 서서 모기 같은 작은 곤충들에 몸을 내맡겼고, '인간을 희게 하는 생선과는 반대로 인간을 검게 만드는' 고기를 먹지 않았다. 신자들이 증언하기로, 이 교파의 성직자는 다들 미묘한 후광이 있고, 눈동자의 물기는 오색으로 빛나며 이따금 번득일 때는 마주보기 힘들 정도라고 했다.

러시아 제국이 기울어가던 때, 이 교파의 라스푸틴혈우병을 앓던 황태자를 고쳐 알렉산드라 황후의 총애를 얻었으나 전횡을 일삼다 귀족들에게 살해당했다은 찻잔이 저절로 움직이게 하거나 냅킨이 접히고 펴지게 하면서 황후의 질문에 답하곤 했다. 황궁과 황실은 라스푸틴에게 걱정거리가 가득하고 매혹적인 무대였다.

종잡을 수 없는 라스푸틴의 화술에 대해 언어의 유령이 씌었다느니 제 자신에게 하는 답이니 비난하는 사람들도 있었지만, 더 이상 조사해볼 용기를 내지 못하고 공포로 침묵할 수밖에 없었다. 라스푸틴이 황실을 좌지우지하며 높이 들어 올렸던 손은 해시계의 시곗바늘이 기울어갈 때처럼, 한 시대의 종언을 가리켰다.

예언과 기적

흘리스티 성직자는 치유의 힘뿐 아니라 예언의 힘도 가지고 있었다. 라스푸틴이 수상 스톨리핀의 암살을 7일 전에 예언했는데, 정말 링컨처럼 극장에서 머리에 총을 맞았다. 경찰이 우왕좌왕하는 사이 어처구니없이 벌어진 일이었다. 특별 조사단은 라스푸틴이 스톨리핀의 죽음과 관계가 있다는 루머가 근거가 있다고 보고 계속 감시를 했다. 그를 믿는 사람들은 여전히 열광적이고 흔들림이 없었고, 의심하는 사람들은 곧 유죄가 밝혀질 거라 확신했다.

그 이후 흘리스티 교파는 혹독한 탄압을 받았다. 당시 몇몇 문인들은 시베리아의 수도승 무리가 '주지육림의 환락'에 빠져 있으며 '집단적으로 죄악'을 저지르고 다닌다고 이야기를 퍼트렸다. 그러나 이런 스캔들은 결국 설명 불가능하고 초월적인 힘에 목마른 러시아 사람들에겐 홍보 수단이나 다름없었다.

황후의 지인 가운데 몹시 아픈 아들을 둔 사람이 있었다. 라스푸틴이 불려 와서 죽어가는 아이를 굽어보았다. 후에 유명해진 그 얼음 같은 눈초리로 잠자는 아이를 흔들면서 이마를 꿰뚫을 듯 쳐다보았다. 아이가 깜짝 놀라 깨서 낯선 얼굴을 보게 될까 봐 어머니가 막으려던 차였다. 눈을 뜬 소년이 농사꾼 차림 남자의 뒤엉키고 지저분한 턱수염에 손을 뻗으면서 속삭였다. "아저씨, 아저씨. 예수님이 보내셨군요."

부족 간 교류

아내가 장애 아동 시설을 둘러보는 동안 고아원 원장이 복도를 지나 사무실로 나를 데리고 간다. 보통 방탕한 귀부인, '연애 선수' 같은 분위기를 풍기던 여성이었는데, 오늘은 신중한 직장 여성처럼 보인다. 심지어 칙칙해 보이기까지 한다.

원장은 내가 시베리아 부족들 간의 혼합에 대해 한 얘기를 들었다고 말했다. "우리가 어떻게 잡종이 되었을까요?" 책망하듯 손가락을 들어 나를 가리키면서 말한다. "선교사들." 그녀가 책장에 기댄 작은 사다리에 올라 두꺼운 책들을 찾는다. "하지만 당신은 아니죠. 대부분 유럽 사람들이죠. 차르가 선교사들을 받아들였어요. 스코틀랜드 인과 독일인 들을요."

원장이 집어 든 것은 탐험가 조지 케넌이 쓴 시베리아 여행기다. 케넌이 성가신 행자들의 안내를 받으며 부랴트 불교인들과 만나는 부분의 묘사가 인상적이었다. 케넌은 부랴트 불교의 수장(함바 라마)이 있는 방으로 들어갔다. 원장이 글을 천천히 손가락으로 짚으면서 읽어주었다.

"라마는 아주 인상적이고 호화로운 옷을 입고 있었다. 금실을 가득 넣어 짠 오렌지색 명주로 만든 장대한 가운은 자주색 우단으로 밑단을 대고, 등판과 소매 밑단은 울트라마린 블루 색 공단…… 머리에는 높다랗고 뾰족한 테 없는 오렌지색 펠트 모자를 썼다. 양쪽 귀덮개가 어깨까지 내려왔다."

케넌이 사원의 제일 큰 법당에서 열리는 예식에 간 것이라고 원장이 설명했다. 법당 내부는 "어떤 체계에 따라 차례로 설명해내기가 불가능한, 오묘한 세부 장식물들로 그득했다." 그러고 나서 음악에 대해 쓴 단락을 읽었다. "플루트, 드럼, 트럼펫의 카오스가 출렁이며 울려 펴졌다." 그러고 나서 원장은 '주 요리'가 나왔다고, 재밌어하며 읽는다.

"나는 라마가 미국에 대해 들어본 적이 없고 지구가 평평하다고 생각하는 것을 알고 깜짝 놀랐다. 통역을 거쳐 라마가 내게 말했다. '당신은 많은 나라를 다니셨지요. 그리고 서양의 현명한 사람들과 대화를 해왔겠지요. 그래서 당신들은 세상이 어떻게 생겼다고 생각하나요?' 내 대답은 '큰 공같이 생겼다고 생각합니다만.' 위대한 라마는 골똘히 생각에 잠기며 예전에 들은 적이 있다고 말했다. '예전에 만난 러시아 관리들이 세상이 둥글다고 얘기를 했지요. 그런 생각은 우리 『티베트 사자의 서』 가르침과 상반되지요. 그러나 나는 러시아의 현명한 분들이 일식을 정확히 예언하는 걸 봤지요…… 왜 당신들은 세상이 둥글다고 생각하는 겁니까?' 나는 '그렇게 생각할 이유야 많지요. 하지만 가장 확실하고 강력한 이유는 제가 직접 지구를 돌아봤다는 거겠죠' 하고 답했다."

성적 교접은 신의 뜻

시베리아 신비주의자들의 포교에서 섹슈얼리티는 성경, 성가, 주문만큼이나 큰 부분을 차지한다. 아무도 독신주의자가 아니었고 비범할 정도로 기운이 넘치는 사내들이었다. 그들의 정자를 훌륭한 수영 선수로 쓸 수 있을 정도였다고 한다. 마법을 부리는 힘은 개체 증식에 가장 효과적이었던 셈이다.

라스푸틴 역시 황후 주위의 여자들에게 늘 통하는 작업용 대사를 가지고 있었다. '성적 교접은 신과 소통하는 가장 직접적인 형식이다'라는 논리였다. 심지어 '기도보다 빠르다'는 것이었다.

흑해의 유대인

오데사의 유대인들은 보통 일반적인 도시 생활에 무리 없이 편입되어 살아왔지만, 유대인 배척의 물결이 도시를 휩쓸자, 모든 학교와 일터에서 확실하고 완전하게 배제되고 고립돼버렸다.

유대인 공동체의 교육 방식은 강건함과 활력, 그리고 세상에 대한 감각, 세상 속에서 자신들의 위치를 파악하는 능력을 기르는 것이 특징이다. 부유하고 때로는 사치스럽게 산 유대인 상류층들은, 세계시민주의 덕분에 편견이 엷어지면서 이교도 사회로 진입이 가능했다. 특유의 에너지를 지닌 지적인 삶의 방식은 매우 주목할 만한 재능을 지닌 작가, 학자, 언론인 들을 배출했다. 바이얼라일과 체미초프스키 같은 시인들이 현대 히브리 시를 탄생시킨 곳도 오데사였다.

하층민들은, 단편소설가 이삭 바벨이 그려냈듯이, 자유롭고 열정적으로 살았다. 게토인 몰도반카는 종교 문제보다는 경제적인 환경 때문에 위축되어 있었다. 브뤼헐의 그림처럼 덩치와 완력으로 이루어진 세계, 과장되고 조잡하면서도 공들인 별명을 사용하는 세계와도 깊이 연관돼 있었다. 바벨은 이 갱스터들을 흑해의 과밀한 수도의 로빈 후드, '선한 도적'으로 묘사해놓았다.

숲속 기인

첫 우울증 발작에 대해 톨스토이는 일기(1888년)에 이렇게 써놓았다.(시베리아에서는 '숲속 기인'이 된다는 표현을 쓴다.)

"여행은 즐거웠다. 하인 세르게이는 젊고 착한 녀석인데 나만큼이나 기분이 좋은 상태였다. 우린 새로운 장소에서 새로운 사람들을 만나며 재밌게 지냈다. 목적지에 도달하려면 200킬로미터쯤 더 가야 해서, 말을 바꿀 때 빼고는 쉬지 않고 가기로 했다. 밤에도 계속 달렸더니 졸음이 와 꾸벅꾸벅 졸았다.

잠이 들었다가 무엇에 깜짝 놀라서 깼다. 전에도 가끔 그랬는데, 순간적으로 졸음이 완전히 달아나며 정신이 바짝 들었다. 문득 질문 하나가 머릿속에 떠올랐다. '나는 어디로, 왜 가고 있는가.' 토지를 싸게 살 기회 같은 걸 좋아하지 않는 건 아니었지만, 갑자기, 이런 먼 길을 여행할 필요는 없다, 이 낯선 곳에서 죽어야겠다, 하는 생각이 들었다. 불안에 휩싸이기 시작했다. 세르게이가 깨어서 나는 얼른 그에게 말을 시켰다. 그 지역에 대해서 물어보았고 그는 답을 하면서 농담도 던졌지만, 나는 한없이 가라앉는 기분이었다. 그에게는 모든 것이 유쾌하고 재미있는데 나는 욕지기가 났다."

투르게네프의 사냥과 플로베르의 쉼표

아직은 우랄 산맥 서쪽이 주로 최고의 사냥터이긴 하지만 진정한 수렵 민족의 전통은 남동쪽에서 중앙아시아 스텝까지 펼쳐진다. 시베리아는 예부터 사냥의 천국이었고 지금도 그렇다. 울란우데로 가는 길은 사냥개들의 사나운 소리와 탄약 냄새로 가득하다.

사냥을 한다는 것은 곧 "죽은 자들의 땅으로 깃드는 일"이라고 투르게네프는 말했다. 사냥 부츠가 낙원의 풍요와 고요 속으로 빠져든다. 시간을 벗어난 장소를 방랑하고, 잿빛 은둔의 숲에서 산 자들의 이해를 벗어난 풍광과 존재들을 본다.

거의 유럽화한 러시아 도회지 사람들이 시골스러운

모험인 이 '추적 놀이'를 좋아했다니 이상하다. 투르게네프는 '야만인 신사' 식으로 최고로 차려입고서, 열매 달린 월계나무 관목, 애기수영 풀, 자줏빛 히스 꽃밭에 발목까지 푹푹 빠지고 싶어 했던 것이다.

투르게네프는 플로베르와 저녁식사를 하면서 언제나 이 프랑스 대작가를 '끔찍한 산맥'으로, 하마, 해마, 날 수 없는 새(플로베르는 이런 동물 페르소나로 곧잘 비유되곤 했다) 같은 짐승들이 득실거리는 고장으로 데리고 가고 싶어 했다. 날렵한 적토마들과 보르조이 사냥개들이 신이 나서 붕붕 날아다니는 곳, 한없는 파란 하늘 아래, 한없는 노랑과 갈색 속에서, 새들은 풀밭에서 날아올라 바람 속에 떠다니다 마침내 거의 움직이지 않는다.

투르게네프의 『사냥꾼의 일기』에는 이런 피조물들의 목록이 셀 수 없을 만큼 이어진다. 개똥지빠귀와 방울새와 솔새로 가득한 덤불, 제비꽃과 개미집 언덕을 지나 질주하는 피리새와 산토끼, 들버섯, 요정꽃, 홍파리꽃, 녹색에서 주홍색으로 변해가는 온갖 들꽃들.

투르게네프는 플로베르에게 여기서 부르주아적이라

는 경멸은 무의미하다고 말하곤 했다. 사냥은 스포츠고 '생활'이고 일탈이며 계급 차별이 없는 행위, 지주와 하인이 며칠씩 함께 다니면서 담배를 피우고 얘기를 나누고, 자고새를 손질해 구워 먹고, 같이 목욕하고, 여름밤이면 여관으로 개조된 헛간 건초더미에서 지붕창 위로 가득한 하얀 별을 보면서 유년기 형제들처럼 포개져 잠이 든다. 알렉산더 대왕의 칙령인들 무슨 소용인가, 하고 투르게네프가 플로베르에게 말했다. 자아조차 모호한 세상 밖으로 나와 있는데 말일세.

그렇게 플로베르가 루앙의 은거지에서 나와 파리 부지발 구의 투르게네프의 하숙으로 놀러가 시간을 보낼 때, 러시아 인 투르게네프가 젊은 플로베르에게 자기가 쓴 글을 몇 구절 읽어주면 플로베르는 엄청나게 감탄했을 것이다.

사냥의 주요한 이득 중 하나는,
독자들이여, 여행을 하게 되는 것이라네
이곳에서 저곳으로…… 현장을 옮기며

레베단러시아 서부, 돈 강 유역의 도시의 말 시장처럼.

투르게네프의 글은 다양한 직업, 나이, 외모의 사람들과 손수레들로 북적이는 시장통 묘사로 이어진다.

파란색 카프탄터키 등에서 입는 소매가 긴 웃옷을 입은 상인과 큰 눈에 곱슬곱슬한 머리의 집시들이 말 이빨을 살펴보고 꼬리와 항문을 들여다보고 소리치고 욕하고 중재하고 내기하며, 저쪽에 모자 쓰고 털 댄 외투를 걸친 장교들 주위에 우글우글 모여 있다. 땋은 머리에 술과 장신구를 단 카자크들과 겨드랑이가 터진 양가죽 웃옷을 입은 농부들, 짙은 눈썹에 위엄 있는 표정을 한 지주들은 구레나룻을 물들이고 평평한 네모 모자를 쓴 채, 한쪽 팔만 닳은 낙타털 웃옷을 입었다. 마부들은 공작깃털 단 모자를 쓰고 상인들은 짧은 목에 울룩불룩 살이 찌고 숨소리를 거칠게 씨근거린다.

플로베르가 『살람보』한니발의 1차 포에니 전쟁을 배경으로 한 역사소설에서 생생하게 묘사한 카르타고 시장 풍경은 모두 투르게네프의 러시아 시골 장터 스케치에서 빌려왔다고 볼 수밖에 없다.

플로베르는 사냥에 참가하거나 촌락을 직접 방문할 생각은 결코 하지 않았을 것이다. 그렇게 멀리 여행을 떠나는 일은 전부 실제 집필에 방해가 되었다. 단순한 일상 속에 존재하는 집필 작업에 직접 체험은 필요 없었다. 이 대작가는 국가 예산을 토론하는 만찬 자리에는 참석할망정 사냥하러 간다는 것은 상상조차 할 수 없었다.

모스크바에서 만난 어느 편집자가 파리에서 일했던 고조할아버지로부터 이런 얘기들을 물려받았다. 그분이 전해주신 얘기는, 궁극의 플로베르 스토리, 최고의 투르게네프 스토리였다. 또 작가의 고립과 일상적 노고에 관한 다음의 신화적인 일화도 하나 있었다.

19세기 후반 〈랑디〉의 기자가 루앙에서 플로베르와 하루를 보낼 기회를 얻었다. 이 성실한 젊은 글쟁이는 파리 북역에서 밤기차를 타고 내려와서 게스트하우스에서 씻은 다음, 대작가가 그 전설적인 전원주택에서 집필을 하는 오전 내내 대기하고 있어야 했다.

기자는 점심에 식당에서 플로베르를 만났다. 기자는 위대한 남자에게 아침 내내 무슨 글을 썼느냐고 물었다. 대작가는 기자를 보더니 이내 강둑을 내다봤다. "쉼표 하나를 썼지."

기자는 고개를 푹 숙이고 게스트하우스로 돌아와 마감시간이 다 된 특집 기사를 작성했다. 자신의 생산성 이외에는 보람을 찾을 곳이 없었고, 무언가 그 전원주택에서 만들어지고 있으리라는, 자신의 출장이 헛되지 않으리라는 희망을 가져볼 수밖에 없었다.

저녁식사 때 플로베르가 응접실에 다시 모습을 드러냈다. 기자는 기대에 가득 찼다. 거장은 드디어 '돌파'했노라고 선언했다. "돌파!"

기자가 고개를 쫑긋 세우고 노트를 꺼내며 말했다. "말씀해주세요, 어떻게 됐는지 말씀해주세요."

플로베르는 탁자 건너 그를 쳐다보다가 다시 창밖으로 산중턱을 내다봤다. 그러고는 말했다. "쉼표를 뺐지."

작가의 얼굴

'시인은 모든 가면을 다 쓸 줄 알아야 한다'던 예이츠의 이론을 이삭 바벨은 한층 더 발전시켰다. 목격자들의 묘사에 따르면 이삭 바벨의 용모는 변화무쌍한 무정형이었다. 소설가 파우스톱스키가 바로 그 모습을 측근에서 지켜본 경험이 있었다.

"나는 바벨만큼 작가 같지 않은 사람은 본 적이 없다. 땅딸막하고 목이 거의 없고 주름진 이마에 반들거리는 작은 눈은 어떤 호감도 주지 못했다. 그는 세일즈맨이나 브로커로 오인받곤 했다. 하지만 물론 이것은 바벨이 입을 벌리기 전의 일이다. (…) 바벨의 눈을 똑바로 바라보지 못하는 사람들이 많았다. 그는 본디 '가면을 벗기는 자'였다. 사람들을 곤경에 몰아넣기를 좋아해서 무서운 사람이라는 명성을 얻었다. 그러고 나면 바벨은 안경을 벗었고, 이내 그 얼굴은 무기력하고 착해 보였다."

툰드라의 노부부

툰드라 지대의 한 연못가 오두막에 순록 썰매를 타고 다니는 늙은 부부가 살고 있었다. 낚싯줄을 드리운 얼음 구멍은 가죽으로 덮어놓았고, 마찬가지로 가죽을 씌운 걸상은 자작나무로 만들었는데, 베어낸 지 얼마 안 된지라 수액도 묻어 있고 신선한 냄새를 풍겼다. 그 밖의 냄새라고는 등불에서 나는 석유 냄새, 소브라니 담배 냄새뿐이다.

노부인은 양털이나 물개 가죽 같은 옷 위에 섬세하게 만든 스카프를 몇 겹 둘렀고 노인은 끝이 뾰족한 귀덮개 모자를 썼는데, 초기 소련군이 철모 밑에 쓰던 속모자처럼 생겼다. 문간에 세워놓은 장총은 밀렵꾼, 늑대들을 물리치고 갈고랑이로는 잡을 수 없는 진짜 육중한 물고기를 죽일 때 쓴다. 노인의 얼굴에 갈라진 주름들은, 스스로 이야기를 들려주길, 이제까지 살아오며 누비고 다니던 새벽 숲속의 길들이란다. 노부인의 피부는 아직도 버터처럼 매끈해, 노인의 딸이나 손녀딸이라고 해도 믿을 정도였다.

자식들은 노보시비르스크로 이사를 가 찾아오지도 않고 편지를 보내지도 않는다. 기르던 반려동물들도 죽었고 연금은 떨어졌다. 친구들은 앞서거니 뒤서거니 묘지에 묻히기 시작했다. 노부인은 종종 친구들이 얼음 아래서 물고기를 잡는 상상을 한다고 말한다. 보이지 않는 세상에서 보이는 세계로 보내는 낚싯줄처럼, 낚시 구멍에서 버드나무 가지들이 솟아오른다. 달의 빛줄기, 별 조각들이 비쳐 보인다. 어쩐지 종교, 혹은 적어도 성직자 이야기로 이어지는 것이 수순인 것 같다.

노부인은 발칸의 담배 연기를 길게 빨아들이더니 한숨을 쉬며 뱉는다. 오두막 벽에 창문이라도 달린 듯 쳐다본다. "크라스노야르스크러시아 중남부, 시베리아에서 세 번째로 큰 도시에 있는 정교회 주교가 우리를 도와야 하는데 그러지 않아. 우리를 싫어하고 비밀경찰 일을 봐주고 있지. 벌써 몇 년째. 러시아에서 설교를 하는 건 이제 원자폭탄 맞은 나라에 대고 말하는 거나 마찬가지야. 두 세대 만에 엉망이 되었어. 이교도들하고 어울리는 것보다 더 안 좋아. 유일한 희망은 아이들과 나이 든 여자들이지." 노부인은 고개를 끄덕이며 자기를 두고 하는 얘기는 아니라고 한다. "나머지는 다 장님이야. 마을은 죽어가고 있어. 대가를 치르고 있는 게지."

판사의 희열

나이 든 소련 판사가 있었는데 평소에는 성적 불능이다가 형을 언도하는 순간, 매번 많은 양을 세차게 사정했다고 한다. 그럴 때면 머리를 수그리고 눈을 파르르 깜박였다. 너무 심해서, 서기장이 올라와 쿡 찌르고 물을 한 잔 주며 정신을 차리게 해야 했단다. 미국 잡지의 모스크바 지사에 있는 나이 든 기자들에게 들은 이야기다. 사형을 언도할 때는(그러고 나면 죄수는 모스크바 루뱐카 광장에서 총살됐는데) 감전이라도 된 것처럼 부들부들 떨고 신음소리를 내며 거의 발작 상태가 됐다. 그러다가 목소리가 낮아지고 느려지며 갑자기 멈추고는, 피고와 변호인 머리 위쪽 허공을 뚫어지게 응시했다. 시선은 무한을 향해 가는 것처럼 방청석 너머를 향한채 한없이 멍해지곤 했다.

이 판사는 또한 법학자로서, '신화 속의 대죄'에 대한 논문들을 발표했다. 시시포스와 바위, 프로메테우스의 수난, 하데스의 갈까마귀가 오르페우스를 갈가리 찢어 바다에 던져버린 후에도 오르페우스의 머리는 물 위에 둥둥 떠서 입을 움직이며 아폴론을 위해 노래를 불렀다는 이야기 같은 것 말이다. 판사는 형을 언도받는 사람들이 경험하는 것이 바로 자기가 광란의 몇 초 동안 느끼는 것과 다를 바 없다고 생각했다. 고요하면서도 산산이 부서지고, 무언가 광대한 음악적 흐름 위에 흩뿌려진 기분이라고 했다.

진드기 중공군

고옌이 알레르기 때문에 이르쿠츠크의 병원에 갔다. 입안이 얼음과 자갈로 가득 찬 느낌이었다. 같은 병실의 커튼 너머 침상에는 히스테리를 일으킨 병사가 계속 머리를 털고 있었다. 기차에 탔다가 머리 위 짐칸에서 진드기 세례를 맞았단다. 알 만한 사람은 다 아는 그 진드기는 가이드 서적들이 신이 나서 경고하며 두 손 두 발 다 드는 그대로다. 뇌염을 일으키고 목과 손발을 마비시키며 더 진행되면 환자는 불구가 될 수도 있다.

그 군인은 아주 지친 상태였다. 감지 않아 수탉 깃털처럼 삐죽삐죽 솟은 머리를 흔들흔들하고 있었다. 의사들은 더 심각한 환자들로 바빴지만, 고옌이 보기엔 군인의 상태도 심각했다. 군인은 간호사나 청소부가 지나갈 때마다 몸부림을 잠시 멈추었다. 지나가는 하얀 가운을 향해 더듬더듬 손을 뻗어 부르려 하는 것이었다. 소매를 걷어 올리고 진드기에게 어떻게 당했는지 설명하면서 소매 안쪽을 손가락으로 마구 후볐다.

하지만 고옌은 그 동료 환자처럼 국경지대에서 근무하는 병사들에게 반反중국인 편견이 얼마나 뼛속 깊은지 곧 알게 되었다. 그 병사는 겉보기에는 발작을 일으키고 있었지만 물린 자국은 없었다. 병사는 의사에게 진드기가 거미만 한 크기에 얼굴은 작고 진한 노랑색인데, 눈초리가 추켜 올라가 있었다고 말했다. 검은 털들은 중국 군대의 접어 올리는 녹색 울 모자로 둔갑했다. 병사는 심지어 진드기들 중 한 놈의 머리끝에서 붉은 별까지 보았다고 했다.

고옌은 처방약을 받아, 컵으로도 쓰는 작은 갈색 봉투를 들고, 병원 마당으로 걸어 나왔다. 물 마실 곳이 없나 이리저리 고개를 돌리다가 바이칼 호수를 둘러싼 산자락을 바라보았다. 군데군데 바위에 무수히 쌓인 자작나무 낙엽이 부스럭거리다 휙 날아올랐다. 산에는 고사리, 버섯, 산열매, 새로 자라나는 소나무와 가문비나무도 있었지만, 바이칼 호를 둘러싼 사면 위로 수 킬로미터씩 치달아 오르는 자작나무들의 거대한 군락에 비하면 아주 일부일 뿐이었다. 자작나무 꼭대기에 떨어지지 않은 나뭇잎들이 뭉게뭉게 모여, 산그늘 속 털이 부숭부숭한 초식동물들처럼 보였다. 병원 마당의 헐벗은 나무 기둥은 가벼운 바람에도 돛대처럼 삐걱거렸다.

훕시 족 여인을 사랑한 뒤

고옌은 훕시 족 여인이 꿈에 계속 나올 줄은 몰랐다. 매일 밤 잠에 빠지기 전 살짝 몽롱할 때쯤 나타났다. 타타르 인 같은 광대뼈, 파란 줄에 누런 늑대 이빨을 꿴 목걸이를 보고 처음엔 하스바스 족인 줄 알았다. .

고옌은 새로 발령받은 시베리아의 지질학 연구지로 가다가 그 여자가 운영하는 매점에 들르게 되었다. 매점이 문을 닫은 후 하룻밤을 그녀와 보냈다. 〈모스크바 라디오〉의 랩 음악을 들으면서 곡주를 마시고 서로 희롱하다가 아르메니아 코냑을 홀짝이고는 식품저장실 문에 기대 서로 더듬기 시작했다. 여자의 작업용 벨트 아래로 억센 수풀이 느껴졌다.

처음에는 그녀가 창밖에서 둥둥 떠오르는 꿈을 꿨는데, 얼굴에 복어처럼 가시가 덮여 있었다. 파란 줄 목걸이가 연줄처럼 질질 끌리면서 가구에 흠집을 남겼다. 다음 날 밤부터 그녀의 얼굴은 안쪽으로 푹 꺼지다가 다시 솟아나며, 반짝이는 은 조각들처럼 끊임없이 재조합되곤 했는데, 무중력 승강기 같았다. 쉽게 없앨 수 없고 미끄러지기만 하는 수은 같았다.

고옌은 무당 하나가 자기들의 밀회를 지켜보았다는 사실을 알게 되었다. 고옌이 들어온 바로 그 길을 지나 마을로 들어온 이방인들은 모두 경계의 대상이다. 마을을 집어삼키려는 야욕을 품고 있는 사람이나, 마을 분위기를 흐리는 침입자로 간주되기 때문이다.

다음번 꿈에 나타났을 때 여자는 안개같이 희미해졌다. 침대 옆에 드리워진 크리스털 발처럼 공기방울 기둥이 세워졌다가, 창문의 깨진 틈으로 바람이 스며들자 겹겹이 풀려 흩어졌다. 톡 쏘는 등유 냄새와 소나무 향이 남았다.

미친 버스 운전사

고아원이 있는 마을은 '미친 버스 운전사 사건'으로도 널리 알려져 있었다.

10여 년 전이었다. 정신병원 버스를 몰던 운전사가 불법 보드카를 마시려고 길가 술집에 정차했다가 돌아와 보니, 노보시비르스크에서 옴스크로 이송 중이던 50여 명의 정신병원 환자들이 도망을 쳤다. 환자들은 묶여 있지도, 약을 먹지도 않았기 때문에 도망이 빨랐다. 사방 지평선을 열심히 살펴보았지만 이미 너른 초원 속 어디로 사라져버렸거나, 도랑 혹은 구덩이 같은 곳 어디에 숨어서, 버스가 포기하고 떠나기만을 기다릴 터였다.

징계를 당하고 싶지 않았던 운전사는 길가 버스 정류

장으로 차를 몰고 갔다. 그러고는 버스를 기다리던 40명 쯤 되는 사람들에게 옴스크까지 공짜로 태워주겠다고 했다. 승객들은 좋아하며 버스에 올랐다. 떠나온 병원에서도, 도착하는 병원에서도, 버스 안에도, 누가 전출되는지를 적은 명단은 없었다.

승객들과 옴스크에 도착해서 운전사는 기다리던 의사에게 말했다. 데리고 온 환자들이 정말 지독하게 미친 상태라, 특히 자기들이 제정신이라고 생각하는 증세가 심해서 그 얘기밖에 안 한다고. 그 얘기가 아주 잘 들어맞았고, 환자들이 법석을 떨다가도 또 조용하고 멍한 상태로 서성이기도 해서, 옴스크의 병원에서는 아무도 이들이 정말 제정신이라고는 생각지도 못했다.

진상은 3일 후에야, 새 환자들이 병동 문을 금속 컵으로 두드리며 집단행동을 벌이면서 밝혀졌다. 운전사는 결국 붙잡혀 수감되었다.

초콜릿 – 검사 이야기 1

나는 러시아 연방 케메로보 주의 검사입니다. 입양 담당이죠. 여기서 '검사'는 정확한 표현이 아니긴 합니다. 주로 입양 부모들을 조사하고 감찰하는 직책이니까요. 부모들에게도 변호사가 있지요. 뭔가 잘못되거나 서류가 분실되거나 법률 문서가 미비하거나 하면 안 되니까요. 하지만 대부분은 늘 잘 진행됩니다.

아이들을 미국 부모들에게 보내게 되어 기쁩니다. 많은 아이들이 영양부족 상태로 고아원에 오지요. 지방 관청을 대신해 입양 부모에 대해 이의가 없다고 심사위원회에 천거함으로써 나는 많은 일을 하고 있는 겁니다. 아이들에게 미래를, 교육을, 더 안정된 사회로 가는 티

켓을 주는 것이죠. 무엇보다 나는 그들에게 음식을, 생계를 제공하는 겁니다. 내 일은 생각해보면, 내가 예전부터 생각해오던 것이네요.

우리가 어릴 때 어머니가 해준 요리를 잘 먹지 않으면 아버지는 당신이 어릴 때 굶주리던 얘기를 해줬습니다. 단골 일화가, 마가단 수용소 시절 겪은 작은 금박 동전 초콜릿 얘기였지요. 그때 아이들은 무슨 이유에선지 벌을 받고 있었는데 4~5일은 족히 먹질 못했대요. 그런데 아이들을 혼내던 관리인 주머니에서 동전 초콜릿이 떨어진 겁니다. 금박에 싸여 있었으니 운이 좋았죠. 다른 거(빵이나 육포 같은)였다면 찾지 못했을 거라고 하더군요. 큰 막사에 침침한 등불 한 촉만 달려 있었으니까요.

나눠 먹어야 할 아이들이 너무 많았어요.(나눔은 이 이야기에서 또 하나의 중요한 교훈이죠.) 차례로 줄을 서서 그 섬세한 포장지를 벗겼죠. 그리고 나서 침 묻힌 손가락으로 초콜릿 가장사리를 차례로 문지르고는 각자 혀로 핥아 맛만 봤답니다.

이 대목에 이르면 막냇동생 레나는 식탁 아래서 다리를 흔들다 멈추고 우울하게 고개를 숙이고 포크를 만지작거렸죠. 어머니는 엄숙한 표정에 눈물이 그렁그렁했습니다. 나도 듣고 있긴 했지만, 그 순간을 식탁 아래 개에게 못 먹겠는 음식을 던져주는 기회로 활용했죠. 녀석의 엄청난 무차별적 주둥이가 큰 접시를 티끌 하나 남김 없이 샅샅이 핥곤 했어요.

아버지를 무시하려던 건 아니었고요. 하여간 일화의 교훈은 진실됐습니다. 우리가 하고 있는 음식 투정이 잘못됐다는 걸 깊이 느끼게 해주었죠. 아버지는 목소리를 높여 얘기를 시작했다가, 다들 쥐 죽은 듯 조용해지면 거의 속삭이듯 그 남루하고 먼지 풀썩이던 곳에 대해 묘사했어요. 그러면 마치 눈앞에 그 아이들 모습이 보이는 것만 같았지요. 같이 식탁에 앉은 다른 식구들보다도 더 사실적으로요. 또 식탁 밑 우리 개의 따뜻하고 재빠르고 거친 혓바닥 감촉이 마치 굶주림 그 자체처럼 느껴졌어요. 아이들의 머리카락과 텅 빈 눈동자, 야위고 뼈만 남은 손가락들이 그 조그만 금박지 안쪽을 천천히 더듬는 장면이 생생하게 떠올랐어요.

사냥이라는 것의 핵심은, 스페인의 철학자 오르테가 이 가세트가 썼듯이, 우리가 쫓고 있는 동물, 게임, 음식이 교묘히 빠져나가면서 잘 잡히지 않는다는 거지요.(또 다른 저자는 이것이 투우가 흥미롭고 정당한 게임인 이유라고도 했죠.) 우리 아버지와 삼촌들이 사냥을 그렇게 좋아하게 된 원인도 어린 시절에 형성됐다고 설명할 수 있을 듯해요. 다들 자리를 잡고 상대적으로 안정된 삶(공산당원, 안정된 수입 등)을 이뤄냈지만 뭔가 본능적인 것이 결핍돼 있다고 느끼는 거죠. 잃어버리거나 결핍된 것을 모두 함께 찾고 쫓고 얻기 위해 노력해야 하는 것…… 음식도 그런 거죠.

사냥감이라는 것, 혹은 식량이라는 것은, 싸워서 차지하는 겁니다. 이런 방향으로 논리를 발전시키자면 그래요. 아버지의 사냥 잡지를 보고 알았는데요, 아버지가 매년 사냥하던 오비 강 부근 길에서 검은 곰이 사람들을 죽인 적이 있고, 순록도 무니시반 커다란 뿔로 방심한 사냥꾼을 들이받을 수 있었죠. 하지만 아버지가

사냥할 때는 이 동물들이 그렇게 대항하는 법이 없었어요. 언젠가 아버지와 함께 고기잡이배에서 끌어올렸던 송어처럼 묵묵히 유순하게 끌려왔지요.

하지만 대항하는 동물이 하나 있었으니, 내가 아버지와 함께 낚시를 했던 물고기였죠. 개처럼 날카롭고 뾰족한 주둥이와 이빨을 지닌 창고기요. 견지낚시대나무로 만든 납작한 얼레인 견지를 이용한 낚시로 배까지 끌어올리는 내내 승강이를 벌여야 했고, 갑판 밑으로 들어가기라도 하면 창고기가 죽을 때까지 피와 비늘 세례를 받으면서 끔찍하게 오래 갈고리를 가지고 씨름을 해야 했어요. 때로 낚싯바늘이 아가미에서 튕겨나가기도 했죠. 하도 맹렬하게 저항을 하니까 죽이고 나서도 정말 죽었는지 안심이 안 될 정도였죠. 내가 숨을 돌리고 있으면 아버지는 창고기를 녹슬고 핏자국 질척이는 가로대에 걸쳐 올리셨어요. 그러고 나면, 사냥감이 손에 들어왔다는 안도감과 평화, 바로 그걸 느꼈죠.

다람쥐나 도끼를 씻을 때는 정말 끔찍하긴 했어요. 하얀 털이 난 배를 칼로 가르면 보랏빛 창자 덩이가 주머니처럼 불거지고…… 깔아놓은 신문지 위로 핏물이 뚝뚝 떨어지고…… 달리는 축구선수 사진이나 젊은 미국 대통령이 웃으며 손 흔드는 사진 위로 말이죠.

파프리카 — 검사 이야기 2

그때의 이미지들이 남아서 수단 등지의 기근이라든지 전쟁 보도를 접할 때마다 떠올라 떨쳐지질 않아요. 이미지들이 심장 주위를 꽉 잡고 있는 것 같아요. 다이아 반지의 조그만 금속 갈고리가 보석을 움켜쥐고 있는 것처럼요.

죽어가는 것하고 죽은 것을 구별하기가 쉽지 않거든요. 텔레비전 화면이 웅크린 사람을 비추고 있으면 움직이나 안 움직이나 지켜보게 돼요. 그러고 나서 마침내, 뭔가 조그만 움직임을 보게 되죠. 눈가에 움직이는 파리라든가. 궁금해요. 그게 뭔지 알아채는 데 카메라맨도 시청자만큼 시간이 걸렸던 걸까…….

날이면 날마다 사람들이 바람 부는 길을 따라 물동이를 들고 걸어가는 모습이 나옵니다. 한 달이면 30센티미터 이상씩 사막이 늘어난다죠. 그래서 경작지가 점점 사라지고요. 매일 아침 각 파벌들이 사막의 지형 변화에 맞춰 자기들 국경을 재조정해요. 대부분 전쟁은 땅 싸움이죠. 땅이 있어야 식량이 있고 권력이나 종교를 유지할 수 있으니까요.

다르푸르수단의 서쪽 끝 지역. 민병대와 수단 인민해방운동 전선 사이의 분쟁으로 학살이 벌어지고 있다 전역에 무너져가는 창고에서 파벌 지도자들과 구호 단체들이 곡물 자루를 지키고 있었어요. 하지만 소용없어요. 굶주림에 죽어가는 사람들보다 두려울 게 없는 사람들이 어디 있겠어요. 리즈마요, 메르카, 바이도아같이 기아에 허덕이는 궁벽한 지방들에서도 소말리아, 인도, 방글라데시, 르완다 등으로 꾸역꾸역 밀려 들어옵니다. 이곳들도 이제는 기아 문제가 위급해지고 있는 곳들인데 말이죠.

굶주린 사람들이 포자처럼 부유하면서, 시궁쥐처럼 쿵쿵거리면서, 기본적으로는 자신을 위해, 얼마간은 마을 사람들을 위해 식량 포대를 급습합니다. 근데 아는지 모르겠어요. 조금만 더 기다리면 성공할 텐데 말이에요. 보초들 급료가 형편없어서, 자기 배를 채울 형편도 안 되기 때문에, 의욕 없이 비틀거리며 졸기 마련이니, 칼을 꺼낼 필요도 없거든요. 보초의 총을 뺏어서 쏴버리면 그만이죠.(조심하긴 해야죠. 총알이 식량 포대에 구멍을 낼 수도 있으니까.) 대신 보초를 세우는 수도 있죠. 보석을 터는 도둑들처럼 영리하게요.

결핍과 곤궁의 상태. 여기서도 어디서나 보이죠. 식료품 상점에서 나와 주차장만 가도, 누더기를 입고 손에는 물병을 들고, 쇼핑 카트를 끌고 아이들을 데리고, '체첸 예비역' '일 구함' 같은 팻말을 들고 있어요. 땅거미가 지는 퇴근길, 공장 출입구에서도 거지 떼들이 바람에 옷을 펄럭이며 몰려듭니다. 한번은 잔돈이 모자랐는데 그나마 동전 하나가 철조망 구멍을 획 넘어가더니 건설 현장의 거무스레한 흙더미에 떨어졌습니다.

요즘 눈빛들이 더 퀭해지고 있어요. 낯익은 얼굴들이 몇몇 있거든요. 아무리 수가 많아도, 아무리 혼잡해도,

우린 결코 사람 얼굴을 혼동하지 않아요. 군중의 얼굴은 결코 하나가 아니에요. 머나먼 잉구셰티아러시아 연방 캅카스 지역 자치공화국나 그런 데서 사람들이 죽었다고 할 때 느껴지는 거리감, 고만고만하게 뭉뚱그려지는 느낌이 아니에요. 하나하나 달라 보이는 거예요. 개인이 겪는 고통과 굶주림이 제각각 독특하듯이 말이에요. 얼굴이 바싹 마르고 가죽만 남았더라도, 저마다 다른 자기만의 빛이 희미한 등불처럼 비쳐 나오지요. 그래서 우리가 저들의 고통을 알아보고 저들과 공감할 수 있는 겁니다.

맛있는 음식이 넘치는 파라다이스, 세속적인 기쁨을 주는 낙원. 굶주린 자들은 그런 천국, 풍요의 에덴동산에서 내쳐진 겁니다. 우리가 욕구가 무엇인지도 몰랐던 최초의 세계로 회귀를 꿈꾸는 것처럼, 그들은 타락한 세상이 주는 풍요 속으로 돌아가길 원해요. 음식이나 혹은 아무리 형편없는 것이라도 먹을 수 있는 것이면 너무나 감사하게 느껴지는, 그런 곳들이 있지요. 어쩌면 바로 그 감사가 그곳들을 아름답게 만드는지도 몰라요.

내가 어릴 때, 조그만 여자아이였을 때 톰스크 시에

서 살았는데요, 겨울 아침 파프리카 가공 공장이 생각 나네요. 굴뚝은 파이프 담배를 피우는 조그만 늙은이처럼 쿨럭거렸고, 붉은 파프리카 가루가 사방에 날리고 있었어요. 공장 주인의 부인이 헝가리 식 패스트리를 굽는데, 하나 굽는 데 걸리는 몇 초 동안, 풍경들조차도 모두 애타게 기다리는 듯했어요. 파프리카 가루가 눈 위에, 힘차게 움직이는 검은 기계와 노란 덮개 위에, 내 머리 위에 내려앉고 있었죠. 노부인이 패스트리를 오븐에서 꺼내 기름종이에 올리고, 굴뚝에서는 또 다른 냄새가 풀썩 올라오고, 나는 어쩜 '파프리카'라는 이름이 이 멋진 뿌연 풍경과 이렇게 잘 어울리나 하고 생각했어요. 'ㅍ'의 파열음과 장모음이요. 가만히 읊조려보기도 했죠. 파프리카, 파프리카, 파프리카.

또 싱가포르에서 어머니가 대사관 일을 하신 적이 있어요. 내가 만나러 여행을 갔었죠. 노점상들이 저마다 목소리를 높이고 작은 심벌즈를 울려대는 거리를 걷다 보면 가판에 널린 고추, 얌, 인삼 냄새가 습한 공기 속에 그득 차 있었죠. 물고기, 살코기, 새고기를 줄에 꿰었는데 달콤한 소스를 발라 번들거리는 양념이 뚝뚝 떨어지고요. 쇠고기가 통째로 걸려 있는가 하면, 말레이시아의 조오르 바루에서 온 뚱뚱한 물소 고기는 얇게 잘려 각다귀에 뒤덮이거나, 둘로 갈라놓은 가운데 부분이 구더기로 우글우글했죠. 분말 가루, 곡물은 고깔에 담겨 위태위태하게 층층이 쌓였고 시든 꽃봉오리가 담긴 물 대접에선 재스민 향기가 피어났어요.

한 나라의 특징은 음식에서 참 많이 드러나지요. 국민들이 뭐에 사족을 못 쓰는지 같은 거요. 저녁식사는 잠자기 전에 마지막으로 행하는 공동의 의식이고 하루 종일 힘 빠지고 허리 휜 우리에게 주어지는 보상이에요. 오늘의 왕관이라고나 할까요.

여기 케메로보에는 지금 낙이 없어요. 아침에 내가 법원 문이 열리기 전에 들르곤 하는 코리아타운의 농산물 시장을 보세요. 텅텅 비었어요. 좀 이따 위층에 올라가서 보고서를 준비하기 전에 도넛과 커피를 사러 갈 거예요. 늘 그렇듯 여기저기 손을 벌리고 달려드는 사람들 사이를 빠져나가야 하고요. 양상추 가판에서 바쁘게 일하는 남자도 있고, 물방울 맺힌 플라스틱 병들을 가득 수레에 담아 밀고 있는 여자, 조용히 천천히 수화를 하면서 '귀가 안 들려요'라고 쓴 분홍 카드를 든 작은 소녀도 있지요.

사람들이 보통 더 많이 모이는 편인데요, 오늘 아침에는 별로 없네요. 보통 거의 언제나, 이런저런 무리들이 시장 주변을 맴돌며 티격태격해요. 마나님들이 뜯어내서 버린 누렇게 시든 양상추 겉잎을 앞다퉈 줍기도 하고요. 몇 조각 차지하고 나면 자동차 사이 좁다란 통로에 옹송그리고 앉아서 조심스레 덥석 물고 씹기 시작하죠. 마치 오노레 도미에 작품에 나오는 아이들처럼요.

지금 여기 법원 건물은 휘황한 현대식이고 여러 대의 엘리베이터가 층마다 서요. 커다란 사각 창문에서 시장 주차장이 내려다보이고 양상추를 먹으며 재잘대는 소리가 잡힐 듯 들려요. 점심시간에 먹고 남은 중국 음식을 주차장에 좀 가져다 놓으려고요. 일어날 때마다 한번씩 내다봐요. 나 자신의 조그만, 이기적인 배고픔 같은 것엔 죄책감을 느끼게 된답니다. 내가 산 음식에 죄책감을 느끼는 거죠. 환기구에서 나오는 차가운 공기를 느끼며 도넛을 잘라 설탕과 빵 맛을 봐요. 창밖에서는 우리 아버지가 살던 세상이 보여요. 수용소 아이들이 막사 등불 아래 모여 달콤한 사탕을 손에 쥔 상상을 하는 것도 보여요.

수도원

400년 된 수도회의 성, 로푸힌은 희미한 붉은색과 석양의 오렌지 빛을 띠고 있다. 표트르 대제에게 버림받은 첫째 황후는 대제가 죽은 후 수즈달 수도원에서 로푸힌 수도원으로 옮겨왔다고 한다. 건물 꼭대기 층, 녹색 지붕 아래에서 밤마다 황제의 미망인이 천천히 걸어 다녔다. 나폴레옹의 근위대가 날려버리려 했는데 수녀들이 도화선들을 비벼 꺼버렸다.

수 킬로미터 상공에 있는 게 분명한 구름이 어쩐지 양파 모양의 둥근 지붕 가까이에 떠 있는 듯, 얼어붙고 뒤틀린 나무들이 솟은 산에 걸린 듯 보인다. 수도원 안뜰에 있는 커다란 고양이와 바위 들. 제비들은 얼음이 버석거리는 자갈 위에서 지저귀며 깡충거린다. 언제나 재빠르게 문에서 문으로 혹은 긴 경내를 가로지르는 키 크고 날랜 수도사들.

예술가의 묘지

수도원 앞 연못에 건물 그림자가 비쳐 어른거린다. 긴 담장에는 총신의 가늠자처럼 가늘지만 단단한 두 줄 장식을 새겨놓았다. 회반죽이 벽돌들 사이에서 하얗게 빛난다. 교회의 돔 지붕은 원래 황동색이었지만 짙은 이끼 녹색으로 변했다. 꼭대기에 달린 구부정한 십자가들은 팔로 천국의 기둥들을 감싸고 있다. 온갖 종류의 기사단 깃발이 펄럭이고, 종소리는 울려 퍼지다 멈추고, 울려 퍼지다 멈춘다.

묘지에는 음울한 비석들이 어지러이 흩어져 있다. 체호프(마흔 하나의 나이로), 고골, 프로코피에프, 쇼스타코비치. 표도르 샬랴핀오페라 가수이 오르페우스처럼 지하에서 노래를 부른다. 한쪽에는 제일 크고 호전적으로 생긴 묘석 아래, 단 한 명, 우크라이나 사람이고 독실했던 흐루쇼프1953~64년, 스탈린 사후 공산당 제1서기에 오른 최고 권력자가 누워 있다. 묘지는 찾아오는 이 없이 버려졌다.

모스크바의 친척

우리 드미트리 삼촌 얘기인데요, 삼촌이 다시 일요일 저녁식사 시간에 우리 집에 왔을 때, 어머니는 이전처럼 못 들어오게 했어요. 삼촌은 좀 기다리다가 도로 차를 타고 모스크바로 갔죠. 마음이 아팠어요. 하지만 우리는 시험을 받는 거예요. 시험받은, 진정한 포도덩굴열매를 못 맺는 가지는 모조리 쳐내고, 열매 맺는 가지는 더 많은 열매를 맺도록 잘 가꾼다는, 신약성경에 나오는 비유이었죠. 거친 폭풍우가 믿음을 더 굳게 해준다잖아요.

우리는 여기 튜멘시베리아 남서부. 유럽에서 우랄 산맥을 넘어 시베리아로 들어가는 관문으로 번성했으나, 시베리아 철도가 개통하면서 쇠퇴했다에 살아요. 우랄 산맥 동쪽에서 가장 일찍 정착민촌이 생겨난 곳이죠. 같은 이름의 큰 강이 도시를 통과해 흐르고 5개의 지류가 각각 부근 지역과 옵스카야 만으로 흘러갑니다. 모든 강 이름이 시베리아 토착 부족들의 이름을 땄지요. 요슈카 대주교님이 그러시는데 이 부족들은 본래 카인구약성경에 나오는 인류 최초의 형제 중 맏이로, 동생을 죽였다의 후손이래요. 아름다운 언어를 가졌지만 워낙 야만적이어서 우리 선조, 백인 러시아 정착민들이 내민 올리브 가지평화, 화해의 상징를 외면하고 구원의 기회를 영영 놓쳐버렸대요.

우리는 정교파예요. 옛날 비잔티움이라는 곳에서 생겨난 동방정교회가 기원이죠. 복음을 적은 책들이 실제로 신께서 직접 내리신 말씀임을 믿지요. 신께서 예언자라는, 땅 위의 도구를 통해 말씀을 내리기로 하셨기에, 복음서가 신의 입에서 나온 진실의 말씀임을 믿습니다.

나는 열여덟 살이고요, 세 자매 중 막내예요. 튜멘에 사는 우리 가족은 세 집에 모두 열두 식구가 살아요. 제 또래는 저뿐이에요. 학교 다니기에는 나이가 많고 집 떠나 독립하기에는 아직 어려요. 인생의 어느 길로 가게 될지 기다려보고 있어요. 결혼해서 애들 있는 언니가 둘 있어요. 제가 좀 늦게 태어났죠. 아버지는 제가 '선물'이었대요. 드미트리 삼촌은 어머니의 유일한 형제예요. 우리 아버지가 외동아들이어서 사실 드미트리 삼촌이 그 대代에서는 유일한 친척이에요.

아버지는 소련 식 구식 아버지예요. 석공이니까 괜찮은 직업이죠. 석공 기술자가 없으면 허허벌판에 빌딩이랑 집을 어떻게 짓겠어요. 아버지는 키가 크고 팔이 기둥만큼 튼튼해요. 눈동자 색은 벽돌을 쌓는 모르타르처럼 밋밋한 회색이에요. 그리고 웃으면 입꼬리가 싹 내려가요. 이상하게 들릴지도 모르지만, 그 웃음이 견고한 징이나 흙손처럼 아버지의 권위를 나타내는 거예요. 주님만큼이나 만족하는 양반이죠. 노동에 짓눌리는 기쁨이요. 허튼소리 따위는 끼어들 틈이 없어요. 그게 행복이에요. 웃음 없는 행복이긴 하지만요.

우리 어머니는 절름발이예요. 그래도 성격은 아버지보다 명랑해요. 목발은 하나만 짚고 다녀요. 목발에 기대고 다니는 게 아니라 목발로 주위를 휘저으면서, 목발을 꽂은 자리에 몸을 끌어당기듯 해요. 눈은 파란색, 초롱꽃처럼 밝은 파란색이에요. 머리는 여물지 못하고 시든 옥수수처럼 연한 노랑색이고요. 어머니는 당신이 아버지의 날선 성품을 유하게 만드는 역할을 한대요. 드미트리 삼촌이 오던 날에도 그랬죠.

드미트리 삼촌이 오기 몇 시간 전에 아버지가 모스크바 얘기를 계속 했어요. "모스크바는 소돔이다, 예언자들이 말한 도시들처럼 곪아 터진 온건파들의 도시." 그 어떤 "미덕도 거기선 자라지 않는다"고 투덜거렸죠. 〈프라우다〉 신문을 앞에 펼치고서 말예요. 같이 저녁 준비를 하면서 나는 이따금씩 어머니와 눈이 마주쳤어요. 초롱꽃처럼 밝은 파란색이요. 공감대 같은 게 조금 느껴졌으면 좋은데, 어머니는 그런 분이 아니에요. 나랑 눈이 마주치면 바로 피하면서 고개를 저어요.

드미트리 삼촌 때문에 어머니가 훨씬 힘들 거예요. 어린 동생이던 삼촌을 엄마처럼 돌봐주던 사이니까요. 남자 없이 키웠기 때문에 나중에 이런 일이 생기는 거죠.

드미트리 삼촌은 여기까지 오는 데 족히 열세 시간은

걸렸을 거예요. 잘해야 하루의 반이 걸리는 거리죠. 게다가 이 오지로 오는 길 중에는 포장도 안 된 곳이 많고, 아직도 1차선 다리로 건너야 하는 강이 다섯 개나 돼요.

모스크바에 있는 삼촌의 모습을 상상해봅니다. 작은 개를 산책을 시킨 다음, 벽에 달린 경보장치의 키패드를 눌러 단속하고 집(고급 연립주택이에요)을 떠나요.

드미트리 삼촌은 언제나 자기 친구들이나 다른 남자들처럼 단정하게 머리와 수염을 다듬어요. 깔끔하고 좋은 냄새가 나고 코펙러시아 동전 단위처럼 빛나요. 예전에 삼촌이 문을 잠그는 모습을 본 적 있어요. 키를 주머니에 넣을 때 무거운 보안 팔찌가 늘어져서 손목에서 반짝였어요.

모스크바에 있는 드미트리 삼촌 이웃들은요, 전부 젊은 남자들이고 삼촌 같은 교수들, 그리고 학생들이에요. 그 사람들은 행복해 보여요. 음악이랑 공부랑 바쁘고요. 그게 '형제'가 아니면 뭐겠어요. 그들 나름대로 형제인 거예요. 웃고 떠들고 얼음 든 잔을 흔들고 서로 배리는 시늉을 하고요. 몇몇은 교회도 가던데요. 자기들이랑 비슷한 사람들, 다른 남자들하고 같이 사는 남자들이 다니는 교회요.

우리 아버지와 형부들은 만날 석공 조합이랑 성경 얘기로 입씨름을 해요. '정신 활동'이 이런 거래요. 자연과 초자연 사이에 구분은 없어요.

내가 드미트리 삼촌의 집에 있을 때, 거기 세상은 아버지 세상이랑 완전히 반대였어요. 반대이고 결코 서로 만나는 지점이 없는 것 같았어요. 클레벰 선생이 화학 시간에 가르쳐준 것처럼, 두 개의 자석은 주변의 자기장에서 철가루를 꽃 모양으로 만들면서 같은 극끼리 서로 밀어내잖아요.

나는 거기 모스크바에서 잘 지낼 수 있었다고 생각해요. 초원의 잡초들 사이에 핀 장미꽃처럼요. 신앙이 내게 흔들림 없는 힘을 줄 테니까요. 여기 사람들이 모두 한결같이 믿고 있는 바로 그 힘이요. 다른 나라에 사는 것 같았을 거예요. 지금 여기서도 살 수 있으니 다른 사람들 속에서도 살 수 있는 거잖아요. 비록 모르는 게 좀 있겠지만요. 그러니까 레스토랑에서 눈을 감고 메뉴

위에서 손가락을 위아래로 움직이는 거예요. 그런 다음 『고린도서』 구절을 읊으며 눈을 떠요. 그때 손가락이 멈춘 곳에 있는 단어들을 나는 알 수 있을 거예요.

우리 언니 스베타가 나를 쳐다봐요. 언니는 얼굴이 밋밋해요. 위대한 애국 전쟁제2차 세계대전 사진 속 여자들처럼 아름다움과 욕망이 사라지고 갈색 단색조로 탈색됐어요. 하지만 언니는 나를 사랑해요. 그건 알죠. 피처럼 붉은 고추와 채소 다듬는 도구를 얼마나 단호하게 건네주는지, 그 손을 보면 알 수 있어요.

이리나 언니처럼, 스베타 언니도 실제로 자기 가정을 먹여 살리는 사람이에요. 교회에서 사무원으로 일하거든요. 형부 제브는 여기 농부들 상대로 구식 탈곡기와 트랙터 대여업을 해요. 하지만 안정된 직업은 아니죠. 한동안은 보드카에 정신이 없었어요.

아버지가 제브 형부네 집에 음식을 보내요. 그럼 제브 형부는 이리나 언니와 게오르크 형부네로도 전해주고요. 이비지와 게오르크 형부는 솔제니친러시아 소설가. 『수용소군도』에서 소련의 인권탄압을 고발하여 추방당했다이 사기꾼이고 복음주의자들 중 제일 안 좋은 사례라며 죽이 맞아요. 그 위대한 작가에 대해 농담을 할 때, 아버지는 최대한 비뚤어지고 심술궂은 미소를 지어요.

드미트리 삼촌의 자동차가 길에 들어오는 소리가 들려요. 삼촌 자동차 같은 것들은 문에서 딸깍 하고 부드럽게 소리가 나요. 입속에서 혀를 딸깍하는 것 같아요. 삼촌 발소리가 자갈길에서 오래오래 들려요. 돌이 밟혀 자그락거리는 소리요. 그러고 나서 현관문 앞에 도착해요.

노크 소리가 울리기 직전에 아버지가 손을 슥 올려요. 일이 시작되는 정확한 순간을 자기는 알 수 있다는 듯이요. 어머니가 일어서며 얼굴에 호전적인 표정을 지어요. 하지만 뭔가 행동을 취하진 않을 거예요. 두 번째 노크 소리가 들리는데도 현관문으로 안 가고 오븐으로 가서 뭔가 굽는 걸 보는 척해요.

나는 블라인드 사이로 주머니에 손을 넣고 있는 삼촌을 내다봐요. 얼굴은 안 보이지만 카키 바지를 입고 꼭 맞는 밤색 스웨터 위에 검은 가죽 코트를 걸치고 있어요. 햇빛에 반짝이는 보안 팔찌가 우아한 손목에 묵직하게 걸려 있죠.

"내버려둬." 아버지가 말하죠. 케이크랑 드미트리 삼촌 둘 다 내버려두라는 말이에요. 엄마는 왔다 갔다 하다가 햇살을 받으며 서 있어요. "내버려둬." 다시 아버지가 말하며 손을 허공에 대고 흔들어요. "대답하지 마."

나는 손가락이랑 발가락 끝까지 쭈뼛해요. 이제는 머리카락이 곤두서는 거 같아요. 뼛속까지요. 엄마들이 아이를 구하려고 차를 번쩍 들어 올릴 때 이렇지 않을까 싶어요. 정당한 분노에서 나오는 힘이에요.

드미트리 삼촌은 노크를 세 번은 하지 않아요. 블라인드가 구부러져 안이 들여다보일 것 같은 창문 쪽으로 걸음을 옮긴 적이 한두 번 있었죠. 하지만 우리도 삼촌도 아무것도 볼 수 없었어요. 이번엔 그러지 않고 자갈 밟는 소리를 내며 차로 돌아가서 차문을 찰칵 열어요. 비싼 엔진이 '웅웅' 하는 소리가 들리네요.

최근에 삼촌 꿈을 꿨어요. 우리는 커다란 현관 방충망을 사이에 두고 서로 바라보고 있었어요. 모스크바의 그 집에 있던 큰 문이거나, 아니면 우리 집 문이었어요. 삼촌이 오늘 노크했던 문, 지금 내가 이걸 쓰고 있는 데서 한두 걸음 정도밖에 안 떨어져 있는 문이요.

장벽이었던 문이 흐려지기 시작하더니 희미해지고 배경 하늘이랑 섞여서 우리는 마침내 손을 서로 잡을 수 있었어요. 내 손가락이 삼촌이 벌린 손바닥을 지나 갈비뼈 사이에 닿았어요. 신의 손이 아담의 갈비뼈에 닿은 것처럼요. 잠시 그렇게 서 있으니, 찬송가에 나오는 만찬 식탁처럼 마치 우리를 위해 마련된 장소, 적들에 둘러싸인 가운데 우리만의 쉼터에 숨어든 듯 느껴졌어요. 우리는 거기서 '영혼 대 영혼으로' 만날 수 있었어요. '하나가 된 것처럼', 삼촌 집 파티에서 짧은 순간 그랬던 것처럼, 벨라루스 역의 차가운 어둠 속에서 사람들 물결을 뚫고 우리 눈이 마주쳤을 때처럼요. '영혼 대 영혼으로. 환한 천국의 한가운데서'.

그치만 꿈일 뿐이에요. 힘이 빠져나가 버리는 것 같아요. 노크 소리를 들을 수 있어서 정말 기뻤어요. 그걸로 만족할 수도 있을 거예요. 하지만 문을 열고 실제 밖으로 나가는 거요, 그건 다른 문제예요. 그건 완전히 다른 얘기예요.

낭떠러지에 선 믿음

키슬로보드스크러시아 서남부 캅카스 지방에 전설이 하나 전해온다. 부유한 집안의 한 소녀가 가난한 청년과 사랑에 빠졌다. 아버지는 소녀가 사랑하는 남자와 결혼하도록 허락하지 않고, 늙고 못생긴 부자 상인에게 시집보내기로 했다. 소녀가 혼인을 거부하고 청년과 도망치자 가족들이 쫓아왔다. 낭떠러지 끝에서 청년은 소녀의 눈을 바라보며 이제 여기서 삶을 끝내자고, 상인의 아내라는 따분한 미래에 몸을 내맡기지 말자고 했다.

소녀는 그러자고 했지만 두렵다고 하면서 남자에게 먼저 뛰어내리라고 했다. 청년은 100미터 아래 바닥으로 떨어져 바위에 뭉개진 꽃처럼 찌부러졌다. 산산이 부서진 청년의 몸을 보며 소녀는 뛰어내리지 않기로 했고 부모가 달려와 그녀를 에워쌌다. 다음 해 봄, 소녀는 상인과 결혼했다. 상인의 다 자란 자녀들이 결혼식에서 그녀를 주의 깊게 바라보며 연회 탁자 주변을 맴돌았다.

군인과 전갈

칸카스에서 대대를 지휘했던 한 젊은 대령을 우연히 만났다. 대령과 그의 친구는 노보시비르스크-이르쿠츠크 급행열차의 라운지 바를 들락거리고 있었다. 알타이 맥주가 담긴 검은 잔을 들고 있거나 그들이 흘린 걸 치우러 온 웨이트리스한테 지분거리거나 식당 칸을 닫지 말라고 애원하면서. 그는 대령이라기엔 어려 보였지만 알고 보니 나랑 같은 나이(마흔아홉)였다.

모든 군인들은 기회만 되면 키프(대마초)를 피웠는데, 대령이 그와 관련해서 다음 얘기를 들려주었다. 그로부터 20년 후 그로즈니체첸의 중심 도시. 당시 러시아와의 독립전쟁으로 폐허가 되었다에서 일어난 일만큼이나 자기한테는 겁나는 일이었다면서 말이다.

우리는 어떤 모로코 애(이 애도 군인이었던 것 같은데)한테 키프를 샀어요. 트리폴리리비아의 수도—라바트모로코의 수도 급행열차에서 4분의 1 디나르알제리, 튀니지 등에서 쓰는 화폐 단위쯤 되는 지폐를 건네주고 키프를 건네받았죠. 단단하게 말아 잘 여며서 가지런히 자른 네다섯 개비를요. 우리는 그 애랑 얼굴을 마주하고 서서, 손잡이며 의자 등받이며 배낭 등 잡을 수 있는 건 모두 잡고서, 흔들리며 요동치며 사막 한가운데 대추야자 오아시스를 지나 달려가고 있었어요.

키프를 꼭 그렇게 피우고 싶었다기보다는 그 애가 내 일행이었던 라데츠키 녀석의 실없는 프랑스어 연습('누솜 알제리엥', 즉 우리는 알제리인이다)을 듣고, 얼굴을 찌푸리며 뭔가 위험한 물건을 젤라바아랍 남성들이 입는 긴 상의에서 꺼내려는 것 같았기 때문이었어요. 그래서 창피했지만 일종의 사과의 뜻으로 키프를 산 거죠. 우리는 모로코 사람들이 알제리 사람들을 얼마나 증오하는지, 스페인 령 사하라를 둘러싼 싸움이 얼마나 격렬해지고 있는지 몰랐거든요.

라데츠키 녀석, 나중에 나는 그 녀석의 직감에 생명을 맡길 때도 있었는데, 잘못된 소리를 할 때도 있고, 현명한 소리를 할 때도 있고, 위험천만한 소리를 할 때도 있는 놈이었죠. 그래서 그때 우리는 그런 식으로 눈치 보는 입장이 되어야 했던 겁니다. 제3세계에서는 가장 중요한 부류의 사람, 즉 소비자, 고객이 되어야 했던 거죠.

그 애가 회색 줄무늬 겉옷 주머니에 지폐를 넣는 동안, 라데츠키가 얼굴이 빨개져 풀이 죽은 채 프랑스어로 "농담, 농담" 하면서 더듬거렸죠. 그랬더니 모로코 군인 아이가 프랑스어로 뭐라고 했는데 "장난은 끝났어"라는 뜻이랍디다.

기적이 울렸고 기차는 용병대 주둔지가 있는 정거장에 멈추었죠. 거기서 그 애는 내렸고요. 정거장을 하나씩 지나갈 때마다 더 많은 사람들이 기차에서 내리고 건물들이 늘어났어요.

우리 호텔방에서는 전설적인 냄새로 유명한, 오래된 피혁 공장들이 내려다보였어요. 지옥에서 나는 듯한 악취가 코를 찔러 눈물이 나고 기침이 발작적으로 터져 나왔어요. 대신 방 안의 다른 냄새는 가려주었죠.

그날 밤 저녁식사 후 라데츠키가 키프 하나를 꺼냈어요. 키프는 끝내줬죠. 척추를 따라 촉수들이 스르륵 돋아나 물결치는 기분이었다고나 할까요. 그 위에 꿀이 쭉 부어지고, 차가워졌다가 고동치고, 차가워졌다가 고동치는 것이, 담석증 때문에 한번 맞아봤던 모르핀의 효과와 비슷했죠. 마침 무슬림들의 기도 시간이 시작되어 기도 소리와 당나귀 울음소리, 목재와 밧줄이 삐걱대는 소리 등이 뒤섞여 들려왔어요. '보랏빛 시간'이었죠. 길고 길었던 낮이 끝나가고 연무가 피어오르면서 모든 건물의 가장자리가 저 거대한 밤을 향해 물들어가는 시간이었죠.

그때 문에서 노크 소리가 들렸어요. 소리가 채 가시기도 전에 문이 불쑥 열렸고, 라데츠키가 창문 쪽으로 팔을 뻗고, 털고 난리가 났죠.

"꼼짝 마." 들어온 남자가 말했어요. 그 뒤에 남자가 하나 더 있었죠. 말을 한 남자는 크고 지저분한 안경을 썼고 셔츠 단추를 끄르고 있었어요. 그 뒤의 남자는 좁은 얼굴에 단추를 목까지 채워 입었는데, 땀을 흘리고 있었고요. 첫 번째 남자가 코를 킁킁거렸죠.

"왜 그러시죠?" 라데츠키가 왼쪽 눈썹을 올리며 물었죠.

나는 남자의 목에 흐르는 땀방울을 지켜봤어요. 남자는 왼손은 쫙 펴서 들고, 오른손엔 뭔가 꼬부랑 단어가 쓰인 카드를 들고 있었어요. 배지도 없고 총도 없었지만, 뭔가 진짜 같았죠. 내 심장이 갈비뼈 밖으로 튀어나올 것 같았어요.

"당신들……." 남자가 말꼬리를 늘이며 자기 손목이 묶이는 동작을 해 보였어요.

라데츠키는 머리를 흔들었고 그것은 분명 일종의 협조, 순순히 털어놓겠다는 신호였죠. 좀 못 미덥고 러시아적인 몸짓이긴 했지만. 라데츠키가 입 모양을 둥그렇게 쫙쫙 벌리면서 프랑스어로 말했어요. 절대 거짓말하거나 반항하지 않겠다고.

남자는 눈과 코로 천장 쪽으로 흘러가는 연기의 흔적을 쫓았어요. 심장이 다시 토끼처럼 뛰며 몇 초가 길고 지루하게 흘러갔고 공포가 휘발되기 시작했죠. 라데츠키의 양손에 아무것도 없다는 걸 확인하고 나서, 나는 내 나라에서, 상대적으로 '안전한' 상황에서 처음 이렇게 걸렸던 일이 떠올랐어요.

기마경찰들이 고리키 공원에서 우리 패거리를 쫓아왔더랬죠. 경찰 하나가 말에서 떨어지면서까지 놈들이 핏대를 올리면서 쫓아오더라고요. 우리는 대마초를 던져버렸지만 경찰들이 셔츠 주머니를 샅샅이 뒤져, 세르게이에게서 대마초 말 때 쓰는 종이 갑을 찾아냈어요. 한 명 걸린 거죠. 하지만 우리는 어떻게 해야 할지 알고 있었고 그는 '난동'으로 딱지를 떼였어요. 놀랄 일도 아니었죠.

한편 호텔방에서 아무것도 발견하지 못한 남자들은 책상 의자에 앉았어요. 이제 남자들이 협상을 시작하겠구나 생각했죠. 내가 알기론, 별 건덕지는 없었지만요. 우리 수중의 돈을 전부 주거나 해야겠지, 아니 운이 나쁘면 러시아 외교부가 어쩔 수 없는 곳에 수감될지도 몰라, 그렇게 내 20대가 가버리겠구나, 20대를 맛보지도 못한 인생이라니, 하는 상념들이 떠올랐죠.

하지만 두 남자는 천장을 더 수색하고 나서, 셔츠가 푹 젖어 숨만 식식거리더니, 놀랍게도 우리를 포기했어요. 계략을 꾸며내기엔 너무 젊은 경찰들이었나? 협잡질에 익숙하지 않은 신출내기들이었나? 그들이 떠나자 라데츠키와 나는 말없이 서로 쳐다보며 서서, 천천히 공포가 풀려나가는 모양을 바라보고 있었죠. 그런데 1~2분 있다가 갑자기 라데츠키의 손가락이 떨리는 것이 보였어요. 병든 늙은이 같은, 진짜 경련이었죠.

처음에 나는 라데츠키가 자기 손이 덜덜 떨리는 것을 보고 있다고 생각했어요. 정말로 그랬으니까. 하지만 그가 집게손가락으로 가리키는 곳을 따라가 보니 사각형 무늬의 바닥 한가운데 키프 몇 개비가 떨어져 있었어요. 키프를 만 종이 색깔이 바닥의 얼룩과 완벽하게 어우러져 잘 안 보였던 거죠.

다음 날, 기차에서 만나기로 했던 아랍계 친구와 합류했어요. 친구는 우리가 '전갈들', 그러니까 경찰을 사칭하는 호텔 사기꾼들한테 당한 거라고 하더군요. 우리가 운이 좋았다며 어린 전갈들도 꾸며대길 잘한다는 소문이 있다고 했어요. 개네들이 분명 컨디션이 좋지 않았거나 마약을 너무 많이 했거나 다른 정신 사나운 일이 있거나 했을 거라고요. "그놈들은 사람을 죽여" 하고 친구가 말했어요. "전갈들은 모두 내일 어떻게 될지 몰랐던 프랑스 수용소 출신이야. 그래서 두려운 게 없어. 망설임 없이 해치운다고."

쿨라크

쿨라크제정 러시아의 부농들은 개인적인 부를 축적하고 말과 창고와 일꾼을 모아들여 목장을 운영한 죄목으로 시베리아 동부 수용소에 수용됐다. 20세기 초 러시아혁명 이후 20세기 말에 이르기까지 모든 사유재산 취득이 본질적이고 명백한 '반反소비에트 행위'로 낙인찍혔으니, 쿨라크들은 언젠가 자유를 되찾으리라는 희망도 없이 체제에 대한 깊은 적개심을 기르고 있었다. 그러나 당국 역시 이를 잘 알고 있어서, 늘 강력한 억제책을 유지해왔다. 쿨라크 유형자들은 스탈린 치하 농촌의 다른 사람들과 똑같이 생존과 적응의 법칙에 따라 삶을 영위하는 수밖에 없었다.

처한 상황은 정착 집단에 따라 아주 달랐다. 대체로 유형 초창기와 같은 굶주림과 떼죽음은 점차 사라졌지만 자유민은 물론이고, 정착 노동자 다수는 여전히 거대한 곤궁에 직면해 있었다. 소련 비밀경찰도 내부 보고서에 막사와 방공호가 불충분하고, 학교와 병원이 하나도 없다고 썼다. 그럼에도 불구하고 쿨라크들은 인내와 끈기로 살아남았을 뿐 아니라 꽤 잘살았다. 어떤 경우는 소련 평균보다 높은 수준의 안락함을 누리기도 했다. 농업협동조합 가운데도, 몇몇 '백만장자 콜호스', 즉 부유한 집단농장들이 있어서 지방 정부를 신경 쓰이게 만들기도 했다.

소비에트의 신

불쌍한 성직자. 제단을 오르락내리락, 딱하다. 아무도 설교를 들으려 하지 않는다. 아이들은 더하다. 심지어 성가도 부르려 하지 않는다. 게다가 보모들은, 일요일에 정교파 주교가 고아원 학교에 오는 바람에 억지로 나와야 했다.

주교는 성경 이야기를 들려준다. 밧세바와 다윗, 다윗과 골리앗, 황금 지팡이를 휘두르는 느부갓네살바벨탑을 세운 고대 바빌로니아 왕이 차례로 등장하며, 교훈은 교만한 서구 자본주의에 대한 비난으로 이어진다.

그런데 보모들은, 예순이든 스무 살이든 뼛속까지 소비에트주의자들이다. 세포 하나 남김없이 유물론자들이다. 지금 스무 살인 세대도 피오네르10~15세를 대상으로 하는 공산권의 소년단였던 어머니들의 자식들이고 무신론의 유산을 씻어내지 못했다. 그리고 앞으로도 씻어낼 것 같지 않다. '신 없이 이해 불가능하고 참을 수 없는 인생'이 아니다. 오히려 '이해 불가능하고 참을 수 없는 인생을 살아가게 해주는 아편'에 신은 해당하지 않는 것이다.

아이를 키우는 사람들이 교회가 쓸모없다고 생각하는 것은 아니다. 낫과 별(구소련 국기) 아래서 자란 세대들에게도 교회는 문화(옛 문화)적 통합의 구심점이었고, 미신과 운수의 근원이자 저장소 구실을 해왔던 것이다. 성상에 기도하는 행위는 어디로 가야 할지, 무엇을 해야 할지, 인생 항로를 어찌해야 할지 인도해주소서 하는 의미가 아니었다. 이미 저지른 일에 대한 부적을 얻는 것이었다고나 할까. 노브고로드모스크바와 상트페테르부르크 사이 지역. 서유럽과 교류가 활발하고 성상이 발달했다 풍 성모상에 기도를 올린다고 하면, 어디로 걸어갈지, 어떻게 계단을 밟아 올라갈지, 어디에 기대 누울지를 알려주소서 하는 게 아니었다. 내가 걸어가는 길, 내가 머무는 곳에서 해가 없게 해주소서 하는 의미다.

주교가 구석에 앉는다. 보모 30여 명이 옛 찬송가를 부른다. 앞을 똑바로 바라보며 절도 있는 몸짓들이다. 마치 기상 악화를 역이용하여 다시 한 번 상승 기류를 타려는 조종사처럼, 잠시 쉬었다가 목에 손을 올리고 신을 향해 목청을 높인다. 부정하도록 교육받아 온 그 신에게.

체첸 무슬림의 딜레마

오늘은 외교관 친구와 카뷰레터를 구하러 교외의 체첸 인 고물상으로 갔다. 체첸 인 지하시장이 모스크바 전역의, 어쩌면 러시아 연방 전역의 모든 중고차 부품시장을 꽉 잡고 있다고 한다.

2000년 모스크바 극장 인질 사건, 그리고 2004년 북오세티야캅카스 지역의 자치 공화국 베슬란 학교 참사체첸 반군의 인질극을 진압하는 과정에서 180여 명의 어린이를 포함, 330여 명의 민간인이 숨진 사건 이후 캅카스 원주민들은 유럽계 러시아 인들에게 돌이키기 힘든 증오의 대상이 되었다. 그렇지 않은 사람들도 있겠지만, 조금은 온건한 캅카스 이슬람 지도자에 대한 암살 같은 것도 통쾌한 보복, 해충 제거로 여기는 분위기다.

베다예프라는 러시아 인 신문기자를 우연히 만났는데, 그때 그는 두 '검은 과부'캅카스 지역 무슬림 여성 자살 폭탄 테러리스트. 러시아의 공격으로 가족이 죽은 여성이 대부분이며, 검은색 전통 의상 속에 폭탄을 숨긴 데에서 유래한 이름으로 짐작된다가 비행기 두 대를 날려버리고, 다른 자살 폭탄 공격들도 일어나서 정신이 없어 보였다. 자신을 학자쯤으로 여기며, 역사심리학자인 에릭 에릭슨의 책도 많이 읽은 기자였기에 다음과 같은 분석을 들려주었는데, 내 견해는 넣지도 않았다.

"캅카스의 이슬람 민족들은 국가도 없고 몹시 불안정한 여러 자치주들로 흩어져 있어요. 그나마 그 자치주들이란 것이, 홉스의 만인 대 만인의 투쟁 같은 폭력적 수단에 의한 독재 체제, 기반이 제대로 갖춰지지 못한 사회죠. 그렇다 보니 전사들은 내면적으로도 서로 모순된 관념들과 싸워야 해요. 절대주의 혹은 전체주의 간의 싸움이라고 볼 수 있죠. 사우디아라비아, 이란 등에서처럼 국가가 확실한 최고 권력, 권위를 행사하면서 성이나 쾌락, 몸 가리기 같은 것까지 통제하는 나라에서는 상상도 못하죠.

하지만 캅카스 무슬림들은 신성한 힘과 세속적 힘을 똑같이 사용할 줄 아는 사람들이에요. 경건과 속세가 눈부신 매력으로 뒤섞이고 여기에 매혹될수록 압제는 더욱 심해지는 듯해요. 젊은 시절 장교로 복무했던 톨스토이가 캅카스 무슬림들에 끌려 『하지 무라드』를 쓴 이유도 그거였죠.

(에릭 에릭슨을 응용해보자고요.) 마틴 루터가 이상적으로 생각했던 '균형 잡힌 인간'처럼, 체첸 무슬림들은 자기 인격 안에 두 종류의 '전체주의'를 혼합해놓고 있어요. 알라를 위해 싸우는 사람은 한편으로는 분명 죄인(도박, 밀수 등)이지만, 성전을 수행하고 있는 한 저주뿐 아니라 은총도 받으며, 살아 있는 동시에 죽은 것이기도 해요. 체첸 무슬림들은 아무리 애를 써도 하나의 절대주의만 택할 수가 없어요. 그저 '지금 이곳'에서 신이 준 인지 기관들을 사용해, 인간 조건의 패러독스들을 감싸 안을 수밖에 없죠.

그래서 체첸 군인은 흉포한 무법적 충동과 알라를

향한 절대적 신앙을 동시에 유지해야 해요. 그 균형을 잘 유지해야만 정체성을 유지할 수 있어요. 외부인에겐 종교적 순종으로 보이는 것이 실제로는 운명을 정복하는 것이고, 강도짓으로 보이는 것이 사실은 이교도에 대항하는 무기인 것이죠. 여기서 굉장한 자유가 나와요. 전사는 충동을 뒤섞고 또 드러내는 존재입니다. 그러면서 즐거움을 느낄 수도 있고 이득을 찾을 수도 있지요.

그런데 군인이 전쟁의 수단으로 자살 공격을 택하게 되면, 이 양극의 균형을 잃어버리는 것 같아요. 충동들이 양심의 통제를 압도하게 되죠. 비존재의 망령과 자기 파괴에 무릎을 꿇는 거니까요. 또 다른 동물적 충동, 즉 자아 아래에 그리고 또한 자아 외부에 존재하며 자아를 현혹하던 욕구들 가운데 하나에 말입니다. 통치자나 지휘관이 일종의 무기로서 자살 공격을 요구할 수도 있지만, 진정한 군인에게 '의도적인' 자기 파괴는 무익해요. 얼마나 많은 적군과 함께 죽든지 간에 군인의 죽음이 효율적인 수단일 수는 없으니까요.

균형이 잡혀 있고 전쟁 상황을 파악할 줄 아는 진정

한 군인에게, 자살 요구는 통제되지 못한 동물적 본능들과 마찬가지로 불쾌한 거예요. 성적 충동이나 대중의 광기보다 훨씬 심각한, 프로이트가 말한 이드인간 정신의 본능적 요소. 쾌락 원칙에 지배되며 즉각적인 욕구 충족을 목적으로 한다가 고삐 풀려 나오는 것이라서요. 그것은 한 개인, 한 개별 사건, 어떤 모방 행위 하나로 수렴되는 '죽음의 본능'이에요. 자기희생으로는 임무를 완수할 수 있지만, 자기 파괴로는 불가능해요. 자살은 자아를 완전히 뭉개버리는 이타주의입니다. 집단 속에서 개인을 없애버리는 겁니다. (다시 말하지만, 군인들은 '지금 여기'가 중요한 사람들, 그것이 엄숙하게 눈앞에 닥친 사람들이에요. 무슨 천국 같은 게 중요한 게 아니라요.)

지휘자의 명령에 따른 어리석은 자살 공격은 일종의 이드에 도취, 중독된 것이에요. 이드라는 광포한 괴물을 통제하던 자아가 고삐를 떨어뜨리고 그 등에 납작 올라탄 형국이죠. 이래서는 군인답다고 볼 수 없어요. 분명 체첸 사람들답지도 않고요. 야성의 통제는 언제나 캅카스 산맥 민족들의 슬로건이었거든요. 말과 다른 짐 싣는 동물들을 부리는 능력이 바로 캅카스의 민족적 상징이었어요.

톨스토이가 묘사한 캅카스 사람들도 언제나 말 타는 사람들, 그리고 동물에 대해 거의 신비할 정도의 능력을 지닌 사람들이라는 이미지였죠. 이 신비한 힘이 인생의 모든 다른 면들에도 영향을 미치고 엄청난 고난에도 맞서 유지돼요. 캅카스 전사들은 "삶을 똑바로 들여다본다. 기후와 산들과 정면으로 마주 본다"라고 톨스토이가 『하지 무라드』에 쓰지 않았던가요. 굴복당하지도 않고 정복하지도 않고 서로를 대등하게 인정했죠.

톨스토이의 다른 작품들에 나왔던 체첸 포로들은 또 어떻게 태도며 인성으로 간수들을 매혹했던가 생각해 봅시다. 좌절의 늪에 빠지지 않고 저항했으며, 태도는, 특히 눈은, 깊이를 헤아릴 수 없었으며 결코 절망의 빛을 띠지 않았어요. 체첸 인들은 언제나 대항해 싸웠죠. 붙잡히거나 죽음의 상황에 처하더라도 보통 군인들처럼 교수형보다는 총살을 요구하는 정도로 만족하지 않았어요. 죽이러 다가오는 자에 맞서 싸웠죠. 적어도 한 명의 전진은 방해할 테니까요. 그들은 천둥처럼 무섭고 잽싸며 절벽 중턱에서 휴식하는 매였습니다. 단순한 참새에 지나지 않는 나머지 인류와는 전혀 다른, '최후의 인간들'이었습니다."

신은 어린이다

입양기

고아원 아이들은 앉을 수 있는 나이만 되면 변기에 앉혀진다.

정확히는 단지랄까. 그 변기의 긴 열을 지나가는데,

올라앉아서 텔레비전을 보던 아이들이 우리에게 손을 흔들었다.

첫 만남

보통 고아원 건물은 첫인상이 그다지 좋지 않다. 현관 구석에는 거미줄이 쳐 있고, 철조망 덕분에 깨진 유리창이 간신히 그대로 붙어 있다.

하지만 내부는 그렇지 않다. 신발장에서 왼쪽으로 돌아 안으로 들어가면, 긴 복도의 노란 벽과 천장이 조그맣고 귀여운 장식물들로 반짝반짝 빛난다. 허리 높이의 주방 배식대를 지나가는 동안은, 주렁주렁 매달린 은빛 프라이팬에 우리 얼굴이 반사되어 둥그렇게 부풀어 올랐다가 사라졌다. 여자 조리사들이(여긴 남자가 없다. 남자들의 땅이 아닌 것이다) 높다란 종이 모자를 쓰고 빵을 굽고 있었다. 내 심장 박동이 빨라졌다. 아내는 몇 발짝 뒤떨어져서 빙빙 돌아가며 벽에 전시된 아이들 그림을 둘러보고 또 보았다.

우리는 원장의 작은 사무실에 앉았다. 원장은 엄한 눈초리에 소련의 유물 같은 옷을 입고 있었다. 그녀는 우리에게 친모의 건강 기록, 친부의 직업, 키, 그리고 놀랍게도 알코올 중독이 아닌 점에 대해 읽어주었다. 아내는 기둥을 손톱으로 긁고 있었고, 우리가 고용한 소아과 의사는 옆에 앉아 질문을 해대며 힘차게 고개를 끄덕였다.

고아원 의사가 우리 딸과 함께 문간에 모습을 나타냈다. 기저귀 찬 아이 엉덩이를 한 손으로 받친 품이 전구라도 갈아 끼우러 온 것처럼 가벼워 보였다. 의사가 아

이를 이쪽저쪽으로 돌려보았다. 아이의 반짝이는 파란 눈에 어리둥절한 표정이 어렸다. 아내가 까꿍, 하자 방 안 가득 웃음이 터졌다. 아이가 웃었다. 소아과 의사가 길고 붉은 턱수염을 만족스레 만지작거리고는 목에 건 청진기를 풀고 내 손을 토닥였다.

젖 먹는 시간

들어가다가 우리는 화분에 심은 꽃들이 계단에 줄지어 놓인 풍경을 보았다. 아마도 제라늄과 금어초, 하여간 제라늄 비슷하게 생긴 무슨 꽃들이었다. 그러고 나서 마치 다리에서 파이프를 잡아 빼는 것 같은, 장화를 벗는 긴 노동의 시간을 거쳤다.

일제히 춥, 춥, 춥, 춥 하는 젖 빠는 소리가 바람결에 실려 들려온다. 그러다 제각각 흐트러지며 차차 다른 소리가 난다. 젖병을 다 비워가면서는 빠르게 추웁, 추웁, 연달아 남김없이 빨아들인다.

세상에는 믿을 수 있는 것들이 참 드물다. 최초의 믿음은 '엄마 젖'에서 시작된다. 이 많은 버려진 아이들의 경우에는 '젖병'이 주어진다. 그리고 네모난 얇은 담요 한 장과 침대의 철제 보호대가 있다. 보호대에 부딪히면 불쾌하겠지만 떨어지지 않도록 하는 첫 번째 집, 첫 번째 가림막, 보호물이다.

아이들은 하나씩 잠이 든다. 우리 딸 말고는 촬영 허락을 받지 못했지만, 우리는 담요에 싸인 똑같이 생긴 아기들이 줄지어 누운 사이로 지나가 본다. 청결한 아이들의 신선한 향기가, 따뜻한 난방기 옆을 지날 때처럼 훈훈하게 끼쳐 온다.

여기로 오는 길 내내 휴대전화로 매번 새로운 테러리스트에 대한 뉴스를 들었다. 그 얘기가 스모그처럼, 독가스처럼 뇌리에 남아 있는 느낌이었다.

이제 잠자는 아이들이 허공에 웅웅대며 허밍을 퍼트린다. 소리가 신비롭게 부유하며 머릿속에 평화를 부른다. 사랑 그 자체의 소리다. 순결과 안락과 포만감의 소리다. 늑대는 사라지고 자의식의 곰은 멀리 쫓겨났다.

이 꽃들은 이름이 뭘까, 하고 벤치에 앉아 부츠 끈을 매다가 다시 혼잣말을 한다. "니 즈나유(모른다)"라고 관리인이 대답한다. 창백한 오후의 빛을 받아 창문턱에서 얼음 녹은 물을 맞고 있는 꽃들은 쨍하니 선명하다. 꽃망울은 모두 분홍색이거나 산호색이다. 작은 봉오리에서 비죽 내민 혀가 떨어지는 얼음을 밀어 올렸다.

배변 훈련

고아원 아이들은 앉을 수 있는 나이만 되면 변기에 앉혀진다. 정확히는 단지랄까. 서양에서와 같은 플라스틱 아기용품이 아니라, 버려지거나 눌어붙어 못 쓰게 된 주방용 단지라서 그을음도 묻어 있다.

그 변기의 긴 열을 지나가는데, 올라앉아서 텔레비전을 보던 아이들이 우리에게 손을 흔들었다. 그중 하나는 일어나려고까지 했다. 하지만 여기 마타(보모)들이 무서운지 휙 한번 노려보자 여자아이는 바로 제자리로 돌아갔다. "사랑은 그 집을 배설의 장소에 짓는다."예이츠의 시 「미친 제인이 주교와 얘기하다」의 한 구절. 아름다움은 더러움이 있어야만 가능함을 역설한다.

먼저 아이들은 스스로를 달래는 법을 배운다. 불이 꺼진 후에는 울음을 터트려도 무시될 뿐이다. 일찍 시작되는 엄격하고 일관된 배변 훈련이 두 번째로 우리가 놀란 점이다. 나중에 입양아들이 이 변기와 비슷한 것만 봐도 움찔한다는 얘기가 많다.

세상에 나온 우리가 처음 배워야 하는 것은 '무엇을 취하고 무엇을 밀어내버릴지'다. 그리고 이것으로부터 그 밖의 모든 것들도 틀이 만들어져버린다.

처음에는 분노를 터트리는 것으로 시작된다. 긴급하고 순수하고 직접적인 목소리를 밖의 어둠 속으로 쏟아내는 것이다. 아무도 응답하지 않고 오지 않는다. 차가운 금속 테두리가 궁둥이에 자국을 남긴다.

아기를 기다리는 시간

러시아에서 아이를 입양하는 부모는 모두 두 번 여행을 해야 한다. 여러 가지 이유가 있는데, 전통적인 이방인 불신, 빙하의 움직임만큼이나 느린 관료주의, 서류 미비, 그리고 최근에는 그루지야, 몰도바, 우크라이나 같은 나라들에서 들려오는 아동 밀매에 대한 근거 있는 소문 등 때문이다.

그런데 우리의 첫 번째 여행 3주 후, 푸틴 대통령이 입양자 등록 기간을 석 달에서 여섯 달로 늘리는 새로운 법령을 발표해버렸다. 첫 방문 시점부터 여섯 달이라는 말일까? 법령 발효 시점부터? 아니면 맙소사, 두 번째 방문부터, 그러니까 보통 마지막으로 아이를 '데리러' 가기로 돼 있던 날부터를 말하는 걸까? 그렇다면 여섯 달 혹은 1년 전에 만난 아이를 '실제로 되찾아 오는' 세 번째 여행을 또 해야 할 터였다. 그러면서도 또다시 법이 바뀌어서 처음부터 이 모든 과정을 되풀이하지 않기만을 희망해야 할 것이다.

하지만 우리는 어찌어찌해서 법령을 빠져나갔다. 우리가 처음 고아원을 방문한 2004년 12월 말 이후 석 달 동안 교육부에서 고아원을 관리했다. 그래서 다음 해 3월 1일에 우리 부부가 입양하러 가면, 딸아이는 그 석 달 동안 다시 입양가능아 명단에 올라갈 상황이었다. 그러나 엘레나라는 사회복지사가 우리를 위해 아이를 '숨겨' 주었다. 아이의 이름은 등록돼 있었지만 고아원 보모들이 감춰주기로 약속한 것이다. 혹시 이름만 가지고 누가 찾는다고 해도 말이다. 아이는 다락방에 사는 안네 프랑크 처지가 되었더랬다.(진짜 다락방에 들어간 건 아니었지만.) 중고차 업계의 표현에 따르면, "아이를 진열장에서 치운" 것이다.

그러고 나서 보니, 다른 부부들은 그다지 운이 따르

지 못했다는 것을 알게 되었다. 어떤 부부들은 석 달 등록 기간 후에 자기네 아기를 데려오기 위해 '두 번째 방문'을 했지만, 결국 집으로 그냥 돌아가거나, 러시아에 꼼짝없이 몇 달을 더 머물거나 해야 하는 상황에 처했다. 이 추운 고장에서, 호텔비는 얼토당토않게 높은 곳에서 말이다. 하바롭스크, 야쿠츠크, 블라디보스토크 등, 모스크바에서 비행기로 대여섯 시간이 걸리는 곳들이었다.

나중에 호텔에서 아이들을 데리고 있는 이런 부모들을 만나면 바로 알아볼 수 있다. 거의 피가 말라, 지칠 대로 지쳐서 애초의 다짐을 잃고 흔들리고 있었다. 정신을 차리고 일을 마저 해낼 기력이 남아 있는지 자신이 없는 것이다. 물론 가장 안된 사례는 첫 번째 여행 때 인연을 맺은 아기를 아예 데려올 수 없게 된 사람들이다.

첫 번째 '선택' 여행이 입양 과정에서 핵심적이다. 그때 '마음 기계'의 작동이 모두 결정되는 것이다. 유대의 고리도 만들어진다. 그러고 나서 단 몇 시간, 며칠만 지나도, 예전에 이 모든 과정을 시작하기에 앞서 들었던 감정들보다도 더 좋지 않은 공허감이 밀려든다. 그것은 가진 것을, 주어진 것을 박탈당했을 때의 공허감이다. 자녀가 생겼다가 그 아이가 다시 커다란 고아원 건물 안으로 도로 들어가버리는(감금되는) 것을 지켜보며 자신들은 쫓겨난 기분이 든다.

이런 순간에 입양 부모들은 허망함을 느끼며 텅 빈 채 서 있다. 이들은 마치 문득문득 변덕스럽게 찾아와 바스락거리고 윙윙대는 열망의 불씨를 내부에 품은 조가비들과 같다. 그들 마음속엔 아직 희망이 남아 있지만 불꽃은 아주 희미하게 깜빡거린다.

자작나무 울타리

고아원 건물을 환하게 감싼 자작나무들 가지에 얼음이 매달려 댕그랑 소리를 울린다. 부서진 유리조각 같은 얼음을 매단 나뭇가지가 축 늘어지고, 흑백 줄무늬를 두른 나무의 몸통은 서걱거리는 얼음 막에 싸였다. 이런 나무들은 보통의 절단톱으로는 자르기가 어렵다. 자작나무들은 고아원 운동장의 바람을 막아준다. 여기는 검고 하얀 것들과 그 동족들만의 왕국이다. 회색의 단조로움 속에 붉은 별이나 추기경의 심홍색 망토 같은 격렬한 채도는 찾아볼 수 없다.

그러나 봄이 되면 태양, 미풍, 만물을 노곤하게 만드는 자기력 같은 것들이 '초록'을 되살려낸다. 작은 나무

이파리들이 천산갑의 비늘이 자라듯 저마다 비죽비죽 솟는다.

돌을 차며 노는 아이들, 막대기와 고무공으로 야구를 하는 소년들, 축구를 하며 나무 아래 굴 같은 틈새를 요리조리 빠져나가는 아이들.

태양이 나타나 비추면 세상은 그림자와 빛으로 나뉘지만 이 두 번째 세상의 모습도 여전히 회색이다. 다른 색은 없다. 여기의 자연은 구두쇠라서 인색하고 느리게 약속들을 이행해간다. 하얀 자작나무 껍질이 까만 띠를 두른 것은, 과거 자신의 초창기 결핍 상태를 장식물로 남겨놓은 셈인 것이다. 이때의 수축, 드러나지 않던 휴지기로 모든 것이 결정된다. 딱따구리가 쪼아도 구멍이 생기질 않는다.

아이와 보모

아이와 보모의 관계, 또는 보모의 보살핌을 받는 아이들과 보모 자신의 아이들의 관계. 아기는 하루의 모든 순간들을 지켜보고 있는데, 부모는 존재하지 않고, 농노 같은 보모들이 모성의 공백을 메우는, 심상한 하루하루. 일상적 필요를 충족해주는 직접적이고 합리적인 존재의 능력. 고아원에서 여덟 달 동안 자라면서 남자의 목소리를 들어보지 못했는데도, 딸아이가 이해 불가능하고 반복적인 '내 존재'를 받아들이는 능력.

알렉산드르 게르첸19세기 중반 러시아의 대표적 사상가은 『나의 과거와 사상』에서 귀족 집안의 아이와 보모의 관계에 대해 이렇게 썼다.

“하인들과 아이들이 서로 호감을 가지는 것은 유사점이 있기 때문이다. 아이들도 어른들의 귀족적 자부심과 자비심 넘치는 겸손한 체를 싫어한다. 영리해서 어른들의 눈 속에 무엇이 들어 있는지 알아채기 때문이다. 하인들 눈에 아이는 어엿한 인격체다. 그래서 아이들은 방문객보다는 보모와 카드게임 하는 것을 훨씬 좋아한다.

방문객은 아이들이 이기게 해주며 생색을 내지만, 져주면서 놀려먹다가도 언제든 원할 때는 게임을 그만둔다. 반면 보모들은 원칙적으론 아이들만큼이나 자신을 위해서 게임을 한다. 덕분에 놀이가 흥미로워진다. 하인들이 아이들에게 극히 헌신적인 것은 노예적인 헌신이 아니고, 약하고 순박한 자들끼리의 애정 덕분이다.”

가족애

고아원 보모들이 얼마나 애정을 가지고 효과적으로 일하느냐와는 별문제로(사실 이들은 보통 아니게 근면하며, 초인적으로 친절하고 품위 있는 사람들이다), 이 여인들은 입양되지 않은 자기 담당 아이들 위로 우랄 산맥의 눈사태처럼 쏟아져 내릴 미래에 맞서 싸우는 사람들이다.

경제는 무너지고 있다. 결혼 비율은 20년 동안 내리막이었고 이혼율은 증가하고 있다. 폭정의 멍에가 대물림되기 시작하면, 민족 공동체의 책임감에는 녹이 슬고 모든 혈연관계가 해체되면서 가족의 유대도 너덜너덜해진다.(부모가 잡혀 들어간 동안 아이들이 다른 곳에 맡겨

지기도 하고.) 그러다 15년 전처럼 멍에가 갑자기 풀리면 순전히 개인적인 것이 되어버린 인간의 삶을 적절하게 혹은 부적절하게 쥐고 흔드는 것은 경제 논리다.

가족제도의 힘을 다시 회복하려면 15년보다 훨씬 긴 시간이 걸린다. 배우자에 대한 의무, 부모에 대한 효도 같은 신념들은 모두, '윤리의 주춧돌로서의 가족'이라는 관념에 기대고 있다. 소비에트는 이런 하부토대는 잘라 내버리고 공산주의의 윗부분만 가져왔다. 그 결과, 사람들은 흥청망청 술을 마시고 자유롭게 사랑을 나누며 피임에 경솔하면서도 자식을 키울 수 있다고 호기를 부리는 것이다. 이것은 '기간만 채우고 나가면 된다'고 하는 '유형지 심리'의 귀환이나 다름없다. 혈연관계에 따른 양육이 아닌 국가의 기능적 관리. 매일 길거리에서 마주치는 모습이 바로 이것이다.

통계에 따르면 현재 50여 만 명의 고아원 아이들 가운데 대다수는 세 살이 넘었다. 어떤 사회에서든 아이가 입양될 확률은 나이에 반비례해, 기하급수적으로 떨어진다. 아이를 찾는 불임 부부 수가 엄청난 서구에서도, 걸음마 아기들보다 위쪽에 대한 시장은 급속히 줄어든다. 보모들과 눈이 마주칠 때면 알 수 있고, 마음 아프게도, 예닐곱 살 아이의 눈을 들여다보면 확실히 느낄 수 있다.

우리 웹진 동료 하나는 다섯 살, 일곱 살 자매를 입양했다. 우리가 딸아이를 입양한 것과 거의 동시였다. 이 개구쟁이 소녀들은 소련 붕괴 이후 버려진 고전적인 사례다. 세 살, 다섯 살 때 쓰레기장에서 먹을 걸 뒤지다가 발견되었다. 고아원과 다를 바 없는 게 학교라, 둘 다 로마문자도 키릴문자도 반도 익히지 못했다. 아이들은 야로슬라블을 떠나본 적이 없었고, 심지어 고아원이 있는 군 기지 밖으로 나와 시내를 가본 적도 없었다. 자동차나 기차도 타본 적 없었으니 샌프란시스코로 열일곱 시간 비행기 여행이야 말할 것도 없다.

입양되지 않은 소년들은 잡범이나 마피아의 세계로 향한다. 무기나 마약 유통, 체첸 인의 경우 자동차 부품 사업 등이다. 소녀들의 경우 사창가와 콜걸 업체 등인데 이르면 열네다섯 살에도 시작한다.

새아빠가 된 친구는 입양 후 서너 주 지난 어느 날의 이야기를 들려주었다. 그때 그는, 이 어린 소녀들이 추운 지옥, 정글에서 완전히 벗어난 걸 알게 됐음을, 새 환경을 온전히 받아들이게 되었음을 알 수 있었다. 프레시디오 언덕을 산책하던 아이들이 야생화를 한 아름 꺾더니 새엄마에게 주었다.

미입양

고아원 2층에는 차갑고 견고한 슬픔이 깃들어 있다. 입양 부모는 여기 와볼 수 없다고 들었지만, 열의에 찬 원장이 그간의 성과를 자랑하고 싶어 했다. 우리는 다운증후군 아기와 어린이들이 있는 작은, 그러나 예쁘게 단장된 부속 건물을 지나간다. 사춘기 초까지의 아이들이라 제일 나이 많은 아이가 열두세 살 정도일 것이다. 대부분 바닥 매트에 눕혀져 있지만 모두 어른 하나씩이 딸려 있다. 보모 한 명당 여덟에서 열 명의 아이를 돌보는 다른 보육실과 달리, 장애아들은 한 명당 보모 한 명씩이다.

아이가 입양되는 비율은 서너 살이 지나면 점차 낮

아진다. 열 살이 넘어가면 거의 입양되지 않는다. 장애라도 있으면 그 비율 차이는 열 배, 백 배 늘어난다. 우리가 비행기에서 만난, 아주 발달이 늦고 연약한 아이를 입양한 부부는 어떻게 된 걸까? 보통 그런 사람들은 특정 신앙을 갖고 있다. 거의 반드시 오순절 교파성령, 방언 등을 중시하는 개신교파다. 조용히, 그러나 대단히 굳건하게 영혼 구제의 청사진을 그리며 메시아 신앙에 취해 사는 사람들. 그러나 그들 노력의 순수한 결과로, 아이들은 고아원을 벗어날 수 있었다. 이 종교인들을 껴안고 싶다. '선'이란 바로 이런 사람들에게 해당하는 단어다. 그들의 선행은 예이츠가 말한, "어둠으로 달려가는 이 세상에 남아 있는 천상의 집"이나 다름없다.

우리는 어느 텔레비전이 있는 방으로 안내됐다. 온통 줄무늬 옷을 입은 아이들이 '바니'를 보며 앉아 있다. 방문객을 쳐다보지 말도록 교육받은 아이들은 텔레비전에 시선을 고정하고 있다. 우리는 뒤에 거북하게 서서 '베이비 밥'이 거대한 노란 테니스화를 신고 춤추는 장면을 지켜본다.

우리가 방을 떠나려 하자 훈련이 무색하게도 몇몇 아이들은 눈이 움직이고 고개가 돌아가며 우리의 행동을 좇고 만다. 또 어떤 아이들은 천진하게 일어나서 자기들 작별 인사말을 "파카, 파카(또 봐요)" 하고 외친다. 그에 정신을 차린 다른 아이들이 급히 얼굴을 다시 앞으로 하며 '엄마…… 아빠……'를 부르던 간절한 눈길을 돌린다.

모두 똑같은 아기

고아원 아기들은 똑같은 보살핌을 받는다. 모두 '동시에'이거나 '아무에게도'다. 개인적인 관심을 받는 일은 거의 없다. 상당히 소비에트적이거나 지나치게 엄한 방식인데, 뭔가 일반적으로 생각하는 고아원하고 다르다.

아기가 울어도 보모들은 달래러 들어가지 않고 아기가 지칠 때까지 기다린다. 만일 우는 아기가 다른 아기들을 깨워 울음바다가 되면, 보모들이 전부 물밀듯이 돌진해 들어가 어르고 달래서 다시 마땅히 잠의 물결 속으로 밀어 보낸다. 먹이고 나면 즉시 변기 위에 앉혀 뭔가 나오든 말든 일정 시간 놔둔다. 텔레비전 시간에는 〈텔레토비〉 등을 모두가 똑같이 함께 본다. 목욕도 공동으로 씻기고 말리느라, 삐죽삐죽한 머리카락을 한바탕 타월로 두드리고 난리가 난다. 혼자 잠 안 자고 우는 아기에게 아무도 노래를 불러주지 않는다. 목소리들은 언제나 한 덩어리고 합창은 함께 시작하고 끝난다.

하지만 지금은 자아가 형성되는 시기다. 차이와 구분을 통해 자기 인식이 깊어지고, 자아라는 영토가 건설된다. 아기는 자신의 팔다리가 자기 거라는 걸 배우고 잊어버리고, 그러고 나서 다시 배운다. 100개의 손이 동시에 위로 올라가더라도, 각각의 손들은 다른 손들과 아무 상관이 없다. 신체 각 부위의 제어 능력을 기르는 것은 그 신체를 소유한 사람 혼자서 해야만 하는 일인 것이다. 이것은 본능적인 앎이지 지적인 앎이 아니다.

우리 딸아이는 눈이 파란 코발트 빛이다. 시인 엘리자베스 비숍이 연인의 눈을 두고 했던 표현처럼 "이른 찰나의 푸름"이다. 딸아이가 내 엄지를 놀라운 힘으로 붙잡는다. 아이는 시비르스코예 즈도로브예(시베리아의 건강)를 지녔다. 한때는 이런 것들이 세상을 살아가는 인간에게 중요한 자질이었다. 그리고 어떤 면에서는, 적어도 아이를 키울 때는 여전히 중요한 점이다. 세상은 엇나가거나 낙오하는 구성원도 받아들일 수 있지만 그렇다고 세상이 바뀌지는 않는다. 그래서 나는 이기적으로, 혹은 딸아이를 위해 이타적으로, 아이의 움켜쥔 손의 힘이 독특한 갈망의 징후라고 생각한다. 딸아이는 길을 잃고 헤매며 단련된 경험이 있는 사람이다. '나는' 하고, 갓 태어나 비틀거리는 어린 양이 말한다. '나는 하나뿐이다. 나는 나일 뿐이다.'

친부모의 기념품

고아원 보모들은 아이의 친부모와 관계있는 물건 한 가지씩을 가지고 아이들에게 정체성을 부여해주려고 한다. 니브흐 족 아이라면, 친엄마나 친아빠의 것이든 아니든, 그것은 낚싯줄과 릴을 거는 고리가 쭉 달린 범포 띠였다. 부랴트 족 소녀들은 물범 뼈 머리핀, 부랴트 소년들은 제비 깃털로 장식한 순록 가죽 칼집을 가지고 있다. 투바 족 어린이들은 지그재그 무늬, 혹은 알타이 산맥을 누비는 사냥 장면이 담긴 망토나 담요다.

추크치 족 아이들은 기념품을 정하기가 제일 어렵다. 추크치 족의 전통 생활에 대해 거의 알려진 것이 없기 때문이다. 극지의 긴긴 밤 때문에 생기발랄한 색의 옷과 사슴뿔 장식을 좋아했다는 얘기가 있다. 고래 기름 랜턴 위로 사슴뿔 장식을 천장 고리에 매달아 빙글빙글 돌게 했단다. 추크치 족 생활 방식과 전통은 미스터리에 싸여 있고 직접 본 사람도 거의 없으니, 아이 친부모에 대한 정보라든지 사진은 말할 필요도 없다.

추크치 족 여자아이 하나가 두세 살이 되었을 때 욕조 안에서 물장구를 치게 했더니 이상한 접영 팔동작 같은 것을 하면서 허리를 쭉 젖혔다. 마치 걸음마처럼 자연스레 한 일인 듯했다. 누가 그들이 수달 가죽을 팔곤 했다고 기억해냈다. 그래서 네 번째 생일에 두텁고 포근한 수달 모피로 아이를 감싸주었다. 어느 사냥꾼이 조카를 방문하러 왔다가, 복도의 코트 걸이에 걸린 모피를 보고 마치 오색의 천사 옷이라도 되듯 쓰다듬었다.

신은 어린이다

딸아이에게 시베리아 북쪽 지방의 옛날이야기 책을 읽어주었다. 신이 아직 아이였을 때 어떻게 타이가 숲을 창조했는지에 대한 얘기였다.

어린 신에게는 물감이 그다지 많지 않았지만 어린아이답게 그림은 선명하고 강렬하고 단순했다. 나중에 신이 자라서 어른이 되자 여기저기 컬러 페이지에서 복잡한 무늬들을 오려내는 것을 좋아하게 되었다. 마티스의 오리기 작품들처럼 말이다. 그래서 창조된 세상은 다채로운 동물들과 현란한 새들로 가득하게 되었다. 그러고 나자 신은 아이 때 창조한 타이가 숲에 싫증이 나서 눈이 펄펄 내리게 던져버리고는, 남쪽으로, 인도의 열기

속으로 돌아올 줄 모르는 여행을 떠났다.

모야 도차(나의 딸)는 그림책을 볼 때면 더 단순한 페이지로, 그림보다는 글씨 쪽으로 손을 뻗는다. 아기 침대에서 모빌을 올려다볼 때도, 중국 한자만 적힌 상아색 두루마리 족자처럼, 하얀 눈 위에 놓인 까만 막대기 모양을 좋아한다. 이것이 세계의 시작점, 정신의 분수령, 승인과 창조가 시작된 장소임을 알아보는 것만 같다.

손짓 따라하기

아기에게 손짓을 하며 어를 때 손짓 자체에 어떤 의미가 담겨 있다고 생각하는 사람은 별로 없다. 하지만 신호에는 나름의 의미가 담겨 있다거나 아기는 어쩔 수 없이 특정한 방식대로 신호를 인지하도록 길들여진다고 말하는 사람도 있다. 비트겐슈타인이 말한 "가리키는 손가락의 문제"다. 엄지와 검지를 펴서 어느 방향을 가리켜도, 쳐다보는 사람은 그 가리키는 방향은 보지 않고 손가락만 쳐다볼지도 모르는 일이다.

아멜리아가 방 저쪽에서 막 공놀이를 끝냈다. 아이가 내게로 오게 하고 싶어서 목소리를 부드럽게 올리고 내 딴에는 탄원조를 더해본다. "이리 오렴." 아이는 움직이지 않는다.

양손을 올려 손바닥을 안쪽으로 향하게 하고 움직여서 손짓을 한다. '이리 오라'는 신호다. 손짓이 '이리 오라'는 뜻을 전달해야 한다. 그러나 아이는 내가 하는 손짓을 따라하려고 양손을 위로 올린다. 아직 손짓을 따라하기는 어렵다. 그저 흉내 내기의 대상으로만 생각하는 걸까?

멕시코, 러시아 등 다른 문화권에서 본 '이리 오렴' 손짓을 해본다. 러시아는 땅을 손바닥으로 두드리면 된다. 아이는 잠시 나를 쳐다본다. 내 쪽으로 기어올 듯 손으로 바닥을 짚는다. 그러나 아이는 활짝 웃으며 그대로 있다. 그러더니 작은 손바닥으로 땅을 두 번, 세 번 두드린다.

아멜리아의 새로운 세상

고아원에서 1년 동안 아멜리아가 본 것이라고는 박제한 동물들, 동물 그림, 이야기 들려주는 사람이 요람 위에 매달아놓은 털북숭이 곰과 늑대 인형 같은 것뿐이었다.

케메로보 시의 식당(트락토르라는 이 가게는 여기 마을 회관이기도 하다)에서 아름다운 타타르 처녀 하나가 아멜리아를 안아보고, 아이를 남자친구와 그 친구들에게 데려가서 보여주고 싶어 한다. 내가 사람들 사이로 딸아이를 쫓아가는 동안 처녀는 광적으로 "크라시바야(아름답다), 크라시바야" 하고 외친다.

아멜리아는 이 모든 것이 다 너무 새로워서, 빛과 소

음의 소용돌이 속에서도 정신없어하지 않고 그저 다른 보모인가 하는 눈치다. 에르미타주 미술관의 마티스 그림(식탁을 차리는 여인과 뒤엉킨 포도 덩굴 그림)처럼 모두 붉고, 붉고, 붉다.

이럴 줄 알았어야 했는데. 남자들이 있는 곳에 가보니 처녀의 남자친구와 다른 친구들은 엄청 취해 있고 임페리아 보드카 빈 병 네 개가 탁자 위를 구르고 있다. 짙은 말보로 연기가 하얀 커튼처럼 드리워졌다. 소녀는 나를 모두에게 소개하고 남자친구는 친절해 보이는 표정을 지었지만 소녀가 아기를 내밀자 뒷걸음질을 쳤다.

"보트(여기)" 하고 소녀가 말한다. 즉 '나도 하나 가지고 싶어.' 친구들이 그를 보고 비웃는다. '거둘 때가 되었다.' 그는 양손을 천천히 올리지만, 가만히 서 있기도 힘든 지경이다. 여자친구가 무언가 날카롭게 말하고 아멜리아를 부드럽게 흔들며 어른다. 봉제인형 같다. 아이가 나에게 돌아왔다. 아이 머리에 내 코를 비비자 아이가 까르륵 웃는다. 아내가 멀리 다른 방에서 우리가 어디 있는지 두리번거리다가 손을 흔든다.

그러고 나서 문간에서, 아멜리아는 보고 말았다. 진짜 강아지. 고양이의 나라에 가까운 현대 러시아에서는 다소 드문 풍경이다. 테리어의 일종인 듯한데 더 크니까 아마 셸티 목양견일 수도 있겠다. 강아지는 코를 들고 음식 냄새가 실린 산들바람, 개의 천국에서 오는 냄새를 맡는다. 아이는 강아지에게서 눈을 뗄 줄 모른다. 강아지가 요란하게 짖는다. 그래도 아이는 두려워하지 않고 저리 가버리려나 다시 짖으려나 아니면 또 다른 걸 보여주려나 하고 지켜본다.

온통 노랑

고아원의 아침. 먼지 조각들로 가득한 햇살 기둥들, 노란빛 속의 노랑, 그리고 구석에, 계단 위에 모인, 같은 색 노랑 덩어리들. 〈Good morning Mr. Sun〉이 나의 첫 노래였고 조지 해리슨의 〈Here Comes the Sun〉은 우리 쌍둥이가 카스테레오에 처음 주의를 기울였던 노래다. 아주 오래전 어둡고 사악한, 장로교회 주일학교의 기억. 교회 지붕 서까래가 고래 갈비뼈 모양처럼 늘어선 아래서 미스 칩스의 지휘에 맞춰 우리는 〈Jesus Wants Me for a Sunbeam예수가 나를 햇살로 인도하시네〉를 불렀다.

신성한 색깔, 버터와 행운과 축복의 색, 졸업 가운에 달린 술과 금잔화 색. 문설주, 창턱, 덧문만 하얗게 칠하고 온통 밝은 사프란 노랑색인 고옌과 파라티네 집. 우리가 아멜리아를 처음 봤을 때, 의사의 손 위에 왕의 망토처럼 펼쳐져 있던 담요 색깔, 노랑.

울음을 터득하다

아멜리아는 알게 되었다. 얼마나 크게 울어야 우리가 와주는지 터득했다. 아내는 이제 그냥 울게 내버려두기로 한다. 나는 그러지 못하지만.

아이가 원하는 게 무언지 어떻게 알아낼 수 있을까? 아이는 모유를 먹어본 적이 없다. 그럼 대상-관계 이론이 얘기하는 '이상적인 이마고라틴어로 이미지를 뜻함. 어떤 사물이나 현상에 대해 우리 머릿속에 자리 잡은 생각'를 형성하지 못하게 되는 걸까? 아니면 자신을 안아주는 사람을 상대로 이상적 이마고를 형성할까? 안아주는 사람이 먹을 것을 주든 안 주든 상관없을까?

아이의 심리 형성이 그저 음식이나 편의(따뜻함, 추

위) 문제에만 달려 있을까? 푸르게 깜빡이는 저 깊은 우물물 안쪽에 더 복합적인 무엇이 있을까? 두려움, 쾌락, 평온 같은 것이 있을까? 이 단계에서도 사랑이 믿음, 의존성, 견실함에 기반해 있을까? 아이는 마치 얼음 요정같이 톡톡 튀며 해독 불가능해 보인다.

하지만 이제 모든 것이 바뀌었다는 것을 아이는 안다, 혹은 알고 있는 것을 활용한다. 즉 울음소리를 내면, 누가 온다.

젊은 보모들

고아원에서 일하는 젊은 여성들 가운데 몇몇은 차림이 휘황찬란하다. 심지어 불평꾼에, 남편 사냥꾼인 여자 의사들보다도 더 끔찍하게 차려입는다. 짧은 치마, 망사 스타킹, 뼈 부러뜨리기 딱 좋은 굽 높은 구두와 부츠, 짙고 야한 눈 화장은, 입양하러 온 엄마들의 눈살을 찌푸리게 만든다. 그녀들은 거의 어떤 젊은 남자에게든 탕녀처럼 게슴츠레한 눈길을 던진다. 부인과 함께 왔든 아니든 상관없다.

여기서 더 동쪽, 이르쿠츠크로 가면, 공장들은 문을 닫았고 젊은 여성들은 밀매상이자 콜걸로 일한다. 삶은 시들어가고 생계는 숨통을 죄어온다. 울퉁불퉁한 갈색 보도를 손님을 찾아 걷는다. 포주에게 빼앗기지 않고 남은 돈은 족족, 아프가니스탄에서 보내주는 '만나'에 써버린다. 러시아의 멸망을 위해 뿌려지는 '독이 든 선물'이다.

헤로인을 손에 넣기가 쉽지 않은 이곳에서는, '남자 대신'이라며 헤로인처럼 투명한 액체, 즉 술을 마시고 밤마다 망각의 세계를 찾아 헤맨다. 아침마다 청소부 소녀들이 비틀거리다 화장실 문을 닫고 토악질을 한다.

아이의 시간

아이는 시간을 느끼는 걸까, 아니면 시간을 채울 필요를 느끼는 걸까? 달리 말하면, 아이는 지루함이라는 것을 경험할까? 지루함이 불쾌일까 아니면 그저, 단순히 조용한 부유와 같은 권태인 걸까?

아이(즉 6세 미만)가 심심하거나 지겨운지 어떻게 알 수 있을까? 어떤 것을 증거로 제시할 수 있을까? 어떤 종류의 증명이 가능하다고 보기는 어렵다. 두세 살에는, 움직일 수 없거나(혹은 돌아다닐 수 있는 반경이 제한되거나) 혼자 있게 되면 지루해지는 것 같다. 타자에 대한 자연적인 호기심, 사회성이 나타나지 않으면 이상 징후라고 생각하고 싶다.

지루함과 완전한 무관심은 어떻게 구분될까? 아이가 특정 수단들을 통해 자신을 표현할 수 있기 이전에 정말 알아볼 수 있는 것은 관심이다.(표현될 수 있는 몇 안 되는 것들 중 하나이기도 하다.)

그리기를 시켜보면, 지루해진 아이는 무엇을 그릴까? 눈밭에 비뚤비뚤 V자 모양의 새들을 귀퉁이에, 특히 아래쪽 귀퉁이에 그리면, '인간의 부재'를 나타내는 거라고 한다.(하지만 '권태'는 집단 속에서 발생하지 않는가? 정확히는 집단 때문에 발생하지 않는가?)

본래 '지루함'이란, 유아에게나 어린이에게는 아주 낯선, 두 가지 감정을 내포한다고 생각해볼 수 있다. 즉 시간을 쓸모없이 낭비한다는 걱정, 그리고 거꾸로 걱정스러울 만큼, 결국은 위협적이 될 정도로, 채울 수 없을 만큼 무한히 시간이 늘어나는 듯한 공포 말이다. 어른에게 지루하다는 것은 '정신의 배반', '자아실현 수단의 실패'다. 경험적 사실이 아니라 경험 자체의 부재, '그저 거기에 있음' 현상 속으로의 망각의 침투다.

우리가 고아원의 비공개 층을 방문했을 때 10세 전후

의 아이들 중 몇몇이 만화영화를 보지 않고 멍하니 창밖 허공을 내다보고 있었다. 지적 장애가 있어서 그런 것이 아니다. 관심이 없는 것이다. 보모들은 "아이들이 오늘 정신이 딴 데 가 있다"라고 표현했다. 그 아이들은 '여기 없다.' '마그다는 여기 없다.'

그래도 아이들이 지루해했던 거라고는 생각할 수 없다. 뭔가 다른 감정이었을 거라고 생각하고 싶다. 산만이라든지, 혼란이라든지(권태와는 어떻게 다를까? 의미 추적은 계속된다) 어른들만이 이 유해한 감정체, 즉 가장 유독한 괴로움을 느끼는 것이기를 바라기 때문이다.

시인 필립 라르킨은 나이가 더 든 아이들에 대해, 그리고 그보다 큰 다음 단계(어린 시절은 언제 끝나는 걸까?)에 대해 다음과 같이 쓴 적이 있다.

> 인생은 우선 지루하지, 그 다음은 두렵고
> 사용하든 내버려두든, 삶은 흘러가지.
> 그리고 우리가 선택하지 않아 숨어 있던 것들이 남지.
> 그리고 세월, 그러고 나서 세월의 마지막뿐.

세월

고아원에서 아이들을 처음 봤을 때, 의식의 분열, 파편화가 너무 뚜렷하게 보였다. 전부 얼어붙었다가 산산이 파열되었다가, 다음번엔 조금 더 단단하게 응결되어, 파편화가 더 느리게, 더 강하게 진행되고 활력이, 에너지가 빠져나간다.

아이들이 처음 자아에 대해 경험하는 것은 자아가 '다수'라는 점이었다. 위대한 예술가들이 종국에 도달하는 결론이 바로 그 점 아닐까? 휘트먼("나는 크다네. 나는 수많은 사람들을 내 안에 품고 있다네")과 프루스트가 그랬듯이. 얼마나 많은 다중적 자아가 한 번에 한 사람에게서 나타날 수 있을까? 다음 분열에서 조합까지 얼마나 시간이 걸릴까? 아무리 애를 쓴다고 해도, '우리 자신인 동시에 전부가 될' 수는 없지 않을까.

유아는 우리가 모두 끝낸 과정을 새로 시작하는 존재다. 일부가 전체를 의미하는 '제유'를 경험하고, 존재의 생생한 파편을 살아가는 것이다. 희미하게 느껴질 수도 있고 엄청나게 명징하게 인식될 수도 있다. 마구 덧나다가 결국은 가라앉아 색이 옅어지는 대상포진처럼 서로를 강화하고 서로 위에 겹쳐진다. 인격이란 마구 요동치다가도 안정되고, 축이 마구 흔들리다가도 중심을 잡는 낭만적인 환영이다.

다시, 잠자리에 들 준비가 된 아이들을 지켜보면서 프루스트의 배신에 대한 첫 번째 기억을 떠올린다. 부유한 집안의 아이였던 프루스트에게 『잃어버린 시간을 찾아서』의 시작 부분에 나오는 어머니의 잠자리 키스 생략은 모든 것의 시작, 점점 커져만 가는 실망감의 시작이었다. 어린 소년은 손님들과 거실에서 어울리며 키스를 해주러 오지 않던 어머니를 이겨서 권력과 자유를 획득하고 그 기쁨을 맛본다. 그러나 소년은 승리를 얻어낸 뒤에, 부모의 항복이라는 실망감도 맛보게 된다. 소년은 원하는 것을 얻어내고 나면 조금 우울한 기분이 든다는 것을 알게 된다. 소년은 다음에도 정말 원하든 그렇지 않든 간에, 또 한 번 간청을, 다음번 응답을 쟁취해내야 하는 것이다.

프루스트의 이 가족 비망록에는 '애착감과 거리감의 관계'를 훨씬 단순한 양상으로 보여주는 문답 목록이 나와 있다. '가장 큰 불행은 뭐?' 엄마랑 헤어지는 거, 어머니와 할머니 없이 사는 거. '어떤 곳에서 살고 싶어?' 멋진 곳에서, 아니, 내가 멋지다고 생각하는 곳에서. 바라는 일들이 마술처럼 실현되는 곳, 그리고 언제까지나 다정하게 같이 살 수 있는 곳.

인생의 이런 이른 단계에서는 푸르고 거대한 공동 침실의 문 위에도 마법이 서려 있게 마련이다. 꾀꼬리가 날아드는 창가에도, 산신령이 우렁우렁 말을 하는 산봉우리에도 깃들어 있다.

문이 닫히면 모두 울어 젖혀도 아침까지 아무도 오지 않는다. 운다는 것, 울면 누가 와줄까 기대하는 것은 어느 곳으로도 통하지 않는 문손잡이를 돌리는 것과 마찬가지일 수 있다. 아기에게 세상을 분별할 능력이 생기기 전까지는, 주변 모두가 다 어찌할 수 없는 것들투성이고, 뜻대로 되는 일은 이따금씩뿐이다. 아이가 지금으로서 가질 수 있는 최선의 희망, 이 다중적 자아들이 구축해낼 유일한 가능성은 누군가의 사랑에 자신을 맡기는 것이다.

반짝, 이곳을 알게 된 순간

많은 아이들이 지리적인 감각을 전혀, 혹은 거의 갖추지 못하고 고아원을 떠나게 된다.

내 친구의 두 딸(다섯 살과 일곱 살 친자매)은 아주 어릴 때 기억이 고아원에서밖에 없다. 아이들이 살던 고아원은 볼가 강 유역 옛 군 기지 안이었다. 고아원 담장 밖으로 나와본 경험도 강을 보러 갔을 때뿐이었다. 은빛의 단일체를 이루던 강, 물결은 서로 부딪치면서도 정지하며 조용히 하나가 되었다.

지도나 지리학적 지식들도 초등 교육 과정에서 간과되는 여러 가지 중 하나였다. 때때로 방문해서 어쩔 줄 모르며 애달파하는 어른들이 어디서 오는지도 알 바 아니었다. 뾰족탑을 여섯 채 단 교회가 있는 야로슬라블이라는 도시가 그저 지구의 변두리 중에서도 끝자락에 있으리라고 어렴풋이나마 알고 있는 사람조차 미국에는 많지 않다. 하지만 지금까지도 이 고대 왕국의 수도에서 만들어진 문화는, 그리고 언어는 미국에서도 어디에선가 열정적으로 계승되고 있다.

친구의 두 딸아이들은 샌프란시스코에 살면서도 여전히 야로슬라블 어디에 살고 있다고 생각한다. 이번 여름에 볼가 강에 다시 수영하러 가자는 얘기를 하거나, 부모와 함께 사는 집 창밖으로 보이는 많은 배들과 다리들을 보고는, 예전에 살던 고아원에서 별로 멀리 떨어져 있지 않다고 믿는 것이다. 아이들은 넓은 바다를 손으로 가리키면서, 누군가 볼가 강이 아주 넓어져서 건너편에 볼 수 없는 곳이 있다고 했던 말을 기억해냈다.

며칠 밤을 친구와 부인이 지도책을 펼쳐놓고 거리 개념에 대해 설명을 해주었지만, 투바의 카라하크 부족들처럼, 아이들은 자기들이 직접 몸을 움직여 확인할 수 있는 주변 장소만 지도로 이해할 수 있을 뿐이었다.

모든 지도는 추상적이다. 색색의 땅과 물 표시 이외는 별게 없고, 부모들도 종종 헷갈려서 언제, 어디를 어떻게 여행해왔던 건지 꼭꼭 짚어주기가 쉽지 않았다.

한번은 아빠가 아이들을 코이트 타워샌프란시스코의 전경이 잘 내려다보이는 탑 꼭대기로 데려갔다. 그리고 비행기를 같이 탔을 때 얘기를 하면서, 그린란드를 지나갔지, 창밖으로 저 밑으로 보였잖아, 점심 먹고서 잠자러 가기 전까지만큼 시간이 걸렸지, 하늘빛이 까매졌었지, 하고 설명했다. 아빠는 항구 한쪽 끝에서 다른 쪽 끝까지 줄지어 선 노란 건물들 구역을 바라보면서, 아이들의 눈 속에 뭔가 반짝하는 '정보 등록'의 순간을 봤다고 생각했다. 아빠는 저기 멀리 마린 해변의 끝을 가리키고서, 팔 비행기를 태워주어, 아이들이 처음 지구의 불빛들을 내려다보던 때를 상기시켜주었다.

고아원 뒤쪽 현관으로 걸어 나와 입양기를 어떻게 쓰기 시작할까 궁리를 해봤다. 그냥 자연스럽게 시작해야 하나, 뭔가 신선한 도입부를 만들까, 이 둘을 잘 결합해볼까, 등등.

3층 창문에서 아이들의 저녁식사 노래가 들렸다. 쓰레기통에서 주운 우크라이나 신문을 깔고 차가운 계단에 앉았다. 펼쳐진 신문지 밑에서 따끔거리는 조각들이 느껴졌다. 가지고 있던 오렌지 껍질을 천천히 벗겼다. 초창기 지도 제작자들처럼 구체球體의 껍질을 균등하게 갈라서 잘 펼치려고 해봤다. 세 번째에서 찢어지고 말았다. 껍질 조각을 떼어내는데, 아이들의 노랫소리가 커지고, 화음이 더해졌다. 보드카에 담가 먹던 그 오렌지인지 궁금했다.

아기를 얻고, 책을 쓰기 시작하면서, 나는 이것들이 모두 삶이 지금까지 늘 꿈도 꾸지 말라고 윽박지르던 불멸성을 움켜쥐는 일이라는 것을 깨닫는다. 이 창조 행위들은 존재의 부가적 요소가 아니라, 모든 다른 요소들을 한데 묶는 영원의 프레임이다. 그 요소들을 존재하게 하거나 존재하지 않게 할 수 있는, 혹은 적어도 그것들을 진실되게 만들거나 거짓된 것으로 만드는, 가늠의 공간이다.

쉰 살. 이런 것들을 감당하기엔 상당한 나이다. 낡고도 익숙한 내 몸을 내려다보았다. 열대 휴양지의 그 물 침대 위에 늘어졌을 때라면 그랬을 법한 다정한 시선, 그러면서도 의혹에 찬 시선으로 주의 깊게 살펴봤다. 조금 전에 나는 신문을 깔고 앉으면서, 엉덩이가 안전히 들어앉을 만큼, 그러면서도 따끔거리지 않을 정도로 펴고 접었다.

나이 지긋한 보모들은 빙판 계단에서 잘 미끄러진

다고 한다. 걸음마 하는 아이들도 그렇다. 갑자기 나도 나이 지긋한 부류가 되어가는 건가 하는 생각이 떠올랐다. 빙판에서 미끄러질 걱정 같은 건 아직 안 해봤는데…… 하지만 지금 나는 나이 든 사람의 입장이 되어, 그리고 막 걷기 시작한 사람의 입장이 되어 그런 걱정을 하고 있었다.

작은 구름들을 올려다봤다. 용광로에서 폭폭 뿜어져 나온 연기거나, 하여튼 그렇게 생긴 것들이 보랏빛 하늘에 떠 있었다. 오렌지를 입에 넣으며 뭔가 다른 풍경을 찾아 자작나무와 코르크나무 군락들을 살폈다. 보드카에 담가 먹던 오렌지는 아니었다. 하지만 과일이 자란 남쪽의 모든 것을 전해주는 맛이다. 튀니지 혹은 지중해 몰타에서 건너온 작은 천체.

아이들의 노랫가락이 장엄해졌다. 피오네르가 부르던 옛 행진곡을 살짝 바꾼 철도가歌나 벌목꾼의 노래인 것 같다. 누구의 애정도 요구해본 적 없는 아이들은 차선책을 만들어가는 중이다. 현재의 내세를, 행복의 낙원을 말이다. 아이들은 노래가 만든, 밝게 빛나며 단단한 공간 안에 거주할 수 있을 것이다. 시인인 내 친구가 "평범함이 기적"이라며 이런 시구를 썼다.

> 평범한 사랑과 평범한 죽음
> 보통의 탄생과 보통의 고생
>
> 일상적인 대구를 이루는 우리의 숨결
> 심상한 하늘과 심상한 땅

노랫소리들이 점점 감미롭게 들렸다. 겨울철 과수원에서 들려오는 나이팅게일의 지저귐처럼 필요와 사랑에 대한 심원한 송가 같았다. 인간의 동료애에 대한 청원이며 인간의 핵심 가운데 핵심이다. 노래의 운율과 여백에서는 자작나무와 코르크나무 숲 같은 냄새가 났다. 오렌지 맛도 났다.

참고문헌

· 영혼의 통로

Elias Canetti, *Crowds and Power* (국내 번역본 : 엘리아스 카네티, 『군중과 권력』, 강두식·박병덕 옮김, 바다출판사, 2002)

· 빵과 자유

Joseph Frank, *Dostoevsky: The Miraculous Years*

· 무당의 충고

Mircea Eliade, *Shamanism: Archaic Techniques of Ecstasy*

Piers Vitebsky, *The Shaman: Voyages of the Soul*

· 통나무 처형

Alexander Solzhenitsyn, *The Gulag Archipelago* (국내 번역본: 알렉산드르 솔제니친, 『수용소군도』, 김학수 옮김, 열린책들, 2009)

· 수감자에서 정착민으로

Gulag: A Pictorial History of The Soviet Concentration Camps

· 신비한 폭탄

Fyodor Dostoevsky, *A Writer's Dairy* (국내 번역본: 표도르 도스토옙스키, 『작가의 일기』, 이길주 옮김, 지만지, 2008)

Joseph Frank, *Dostoevsky: The Stir of Liberatio*

· 바다의 칼, 빙산

Nadezhda Mandelstam, *Hope Against Hope and Hope Abandoned* (국내 번역본: 나데쥬다 만델슈탐, 『회상』, 홍지인 옮김, 한길사, 2009)

· 라스푸틴의 시대

Radzinsky, *The Rasputin File*

· 예언과 기적

Radzinsky, *The Rasputin File*

· 부족 간 교류

George Kennan, *Siberia and the Exile System*

· 성적 교접은 신의 뜻

Paustovsky, *The Golden Rose*

· 숲속 기인

James Forsyth, *A History of the Peoples of Siberia* (국내 번역본: 제임스 포사이스, 『시베리아 원주민의 역사』, 정재겸 옮김, 솔, 2009)

· 툰드라의 노부부

Colin Thubron, *In Siberia* (국내 번역본: 콜린 더브런, 『순수와 구원의 대지 시베리아』, 황의방 옮김, 까치글방, 2010)

· 모스크바의 친척

데이비드 말로프David Malouf의 허락을 얻어 단편소설 *Closer,*

*Dream Stuff*를 서시베리아 버전으로 각색함.

· 낭떠러지에 선 믿음

James Forsyth, *A History of the Peoples of Siberia* (국내 번역본: 제임스 포사이스, 『시베리아 원주민의 역사』, 정재겸 옮김, 솔, 2009)

· 아이와 보모

Alexander Herzen, *Out of My Past and Thoughts*

· 친부모의 기념품

Waldemar Bogoras, *The Chuckchee and Chuckchee Mythology*

· 에필로그

Derek Walcott, *Tiepolo's Hound*

ㅁ 옮긴이의 말 ㅁ

천사를 입양하러 동토凍土로 떠난 남자

시베리아는 세계에서 가장 넓은 나라인 러시아의 3분의 2를 차지하는 광대한 영토다. 수많은 소수민족들의 영토였던 이곳을 슬라브 인들이 접수하기 시작한 것은 16세기로, 당시 인기 무역 상품이던 모피를 구하기 위해서였다. 특히 변경지대의 카자크 인들이 용병으로 원정에 앞장섰다. 원주민들이 변변한 저항을 못하는 사이 100년이 채 안 돼, 극동의 태평양 연안까지 정복의 말발굽이 내처 달렸다. 이후 시베리아는 모피뿐 아니라 목재와 광물의 산지로서, 그리고 강제노동의 유형지로서, 혹한의 기후와 더불어 악명을 떨쳐왔다.

우리에게도 시베리아 하면 흔히 '혹한의 땅'으로 알려

져 있지만, 최근 들어서는 우리 민족의 시원이라는 관점에서 재조명이 이루어지는 듯하다. 물론 시베리아는 과거 발해와 고려의 영토를 포함하고 있으며, 한반도와 수많은 역사를 함께 해왔고 현재도 적지 않은 고려인들의 삶의 터전이기도 하다. 게다가 겨울이면 어김없이 날아와 우리에게 시베리아의 소식을 전해주는 철새들도 있다. 이 책 『너의 시베리아』는 바로 이 세상 끝의 땅에서 날아온 이야기들이다.

원래 이 책은 '입양기'에서 출발했다. 미국 로스앤젤레스의 변호사이기도 한 작가가 처음 시베리아로 여행을 가게 된 것은 주로 일 때문이었다고 한다. 이미 자녀가 둘 있고 쉰의 나이가 되어가는 중이었지만, 작가는 어쩐지 셋째 아이를 입양할 마음을 먹게 된다.

> 우리가 방을 떠나려 하자 훈련이 무색하게도 몇몇 아이들은 눈이 움직이고 고개가 돌아가며 우리의 움직임을 좇고 만다. 또 어떤 아이들은 천진하게 일어나서 자기들 작별 인사말을 "파카, 파카(또 봐요)" 하고 외친다.

그에 정신을 차린 다른 아이들이 급히 얼굴을 다시 앞으로 하며 '엄마…… 아빠……'를 부르던 간절한 눈길을 돌린다.

—「미입양」에서

그러나 입양 절차는 쉽지 않았고, 여러 번에 걸쳐 시베리아 방문을 더 하게 되었다. 그러면서 작가는 자신과 전혀 다른 대지에서 태어난 아이, 생소한 문화권의 아이를 입양하려 한다는 점을 자각하게 된다.

양손을 올려 손바닥을 안쪽으로 향하게 하고 움직여서 손짓을 한다. '이리 오라'는 신호다. 손짓이 '이리 오라'는 뜻을 전달해야 한다. 그러나 아이는 내가 하는 손짓을 따라하려고 양손을 위로 올린다. 멕시코, 러시아 등 다른 문화권에서 본 여러 가지 '이리 오렴' 손짓을 해 본다. 러시아는 땅을 손바닥으로 두드리면 된다. (…)아이는 잠시 나를 쳐다본다. 내 쪽으로 기어올 듯 손으로 바닥을 짚는다. 그러나 아이는 활짝 웃으며 그대로 있다.

그러더니 작은 손바닥으로 땅을 두 번, 세 번 두드린다.

—「손짓 따라하기」에서

그래서 이 '여행기'는 입양한 딸아이에게 주는 일종의 선물로 씌었다. 작가는 여행 중 보고 듣고 겪은 것들을 그냥 경로대로, 설명조로 전달하기보다는, 시베리아의 대자연과 역사와 전설과 서정에 그대로 스며들고 침잠할 수 있는, 시와 같은 글을 쓰고자 했다. 그 결과가 여기 실린 100편의 헌사와도 같은, 짧은 산문들이다. 나중에 아이가 자신의 탄생지에 대한 경이와 감동을 아빠와 공유할 수 있도록 말이다.

입김이 얼어붙어 발등 위로 쏟아지는 혹독한 기후, 나방으로 변한 아기의 전설, 머리를 뱀 모양으로 만드는 관습, 바이칼 호수의 신성한 생물들, 산산이 부서지는 택시의 운전사, 딜도를 월급으로 받은 공장 노동자 등 '우리' 세상만큼이나 기묘한, 미지의 풍경 속 삶의 이야기들이 펼쳐진다. 그리고 제정 러시아의 운명, 극단의 혁명가들, 원주민들을 덮친 가혹한 역사, 끊임없는 민족 분쟁의 일화들이 삽입된다. 아동기와 인간 심리, 꿈에 대한 통찰도 더해지면서 마술적 리얼리즘의 분위기가 슬쩍 가미된다.

여행을 떠난 사랑하는 이에게서 받은 엽서처럼, 자그마하면서도 명징한 이미지들이 하나하나 뇌리에 박힌다. 그렇게 '낯선 아기'를 향해 보내는 이 책의 글들을 하나하나 읽으면서, 독자는 새 아기를 만나고 그 아기와 가족이 되어가는 것이 결국 여행과 같은 일임을 깨닫게 된다.

> 아기를 얻고, 책을 쓰기 시작하면서, 나는 이것들이 모두 삶이 지금까지 늘 꿈도 꾸지 말라고 윽박지르던 불멸성을 움켜쥐는 일이라는 것을 깨닫는다.
>
> —「에필로그」에서

그러고 보면, 시베리아는 '영혼의 정화와 부활의 땅'으로도 잘 알려져 있다. 톨스토이나 도스토옙스키의 작품에 나오는 주인공들은 시베리아로 유형을 떠나면서도 황량한 절망보다는 미래에 대한 신비로운 희망을 품는다. "심연을 발견하려" 시베리아 극지로의 여행을 감행한 체호프는 거기서 "모든 것을 보았다"라고 했다. 천연자원으로 유럽의 후진국 러시아를 살찌우고도 야만의 땅으로 무시당해온 시베리아는, 한편으론 문명과 야생이 공존하는 땅으로서, 한계에 다다른 문명의 구원자로서 재인식되는 것이다.

> 딸아이가 내 엄지를 놀라운 힘으로 붙잡는다. 아이는 시비르스코예 즈도로브예(시베리아의 건강)를 지녔다. (…) 나는 이기적으로, 혹은 딸아이를 위해 이타적으로, 아이의 움켜쥔 손의 힘이 독특한 갈망의 징후라고 생각한다. 딸아이는 길을 잃고 헤매며 단련된 경험이 있는 사람이다.
>
> —「모두 똑같은 아기」에서

이 책을 번역하면서 인터넷 검색을 무척 많이 했다. 물론 지도와 백과사전과 사진 사이트를 주로 참고했지만, 이 책의 구절과 일화 들을 인용하며 서로 감상을 주고받는 개인 블로그들도 매번 발견하게 되어 감흥이 유달랐다. 한국의 독자에게도 이런 감동이 그대로 전해진다면 옮긴이로서 보람이겠다. 개인적으로 한 가지, 한국에서 입양된 아기들을 위해서도 이런 아름다운 책이 나온다면 얼마나 좋을까 하는 아쉬움이 있었다. 하지만 여기 담긴 여행자·입양자의 연민과 공감과 위로의 마음이 비단 특정 지역의 아기들에게만 한정되는 것은 아니리라 믿고 싶다.

본문에 실린 그림들은 폴란드 출신 인류학자이자 삽화가 예루힘 크레이노비치가 1934년 상트페테르부르크에서 발행한 『니브흐 어 초급 독본』에 실렸던 것들로, 저자가 온갖 시베리아 관련 연구소들을 뒤진 끝에 발견했다고 한다. 그는 미국인의 시각으로 왜곡되었을지도 모르는 시베리아에 대한 미안함에서 그림들을 덧붙였고, 일종의 해독제로서 작용하면 좋겠다는 바람을 전했다.

2010년 7월

이수영